Amrûn
ROMANCE

PLAY WITH ME

Band 1:

Der Prinz auf der Erbse

Julia Will

Jürgen Eglseer, Traunstein

Lektorat: Susanne Pavlovic, Textehexe
Umschlaggestaltung: cover & books Buchcoverdesign

ISBN TB – 978-3-95869-393-7
Printed in the EU

Besuchen Sie unsere Webseite:
amrun-verlag.de

Bibliografische Information der Deutschen Nationalbibliothek:
Die Deutsche Nationalbibliothek verzeichnet diese Publikation
in der Deutschen Nationalbibliografie; detaillierte bibliografische
Daten sind im Internet unter http://dnb.d-nb.de abrufbar

v2 19

Für Lisa
Meine Plotflüsterin und die heimliche
Heldin der Geschichte

Prolog

Resigniert sehe ich auf die geöffnete E-Mail. Ich hatte es mir schon gedacht. Schon die ganze Zeit.

Es hat einfach vorne und hinten nicht gepasst. Wir wollten unterschiedliche Dinge und das hat die ganze Angelegenheit mit jedem Tag und jedem Post schwieriger gemacht. Aber es jetzt so knallhart gesagt zu bekommen, tut schon weh. Kurz bin ich versucht, die Internetseite einfach komplett zu schließen, weil ich mich in meinem Stolz verletzt fühle, aber das würde ja auch nichts ändern. Er hat ja Recht. Und wahrscheinlich ist ein Ende mit Schrecken besser als quälender Schrecken ohne Ende. Denn genau das war unser RPG in den letzten Tagen: eine einzige Qual.

Seufzend klicke ich auf ›antworten‹ und schreibe ihm:

Von: Flynn
An: SweetChocolatePrince
›*Hey du, na ja, wenn ich ehrlich bin, ist es wahrscheinlich besser so. Ich glaube auch, dass unsere Vorstellungen einfach nicht zueinander passen. Danke für deine Ehrlichkeit und viel Glück bei der Suche nach einem neuen Playpartner. Du kannst die*

Idee auch gerne mit jemand anderem nochmal neu starten, stört mich nicht. Liebe Grüße, Flynn‹

Ich sende ab und dann sitze ich erst mal da und glotze stumpf auf die Seite. Ach Mann. Dabei wollte ich doch nichts anderes als ein bisschen mein Hirn abzuschalten und zu spielen. Ich liebe es, Rollenspiele zu schreiben. Am liebsten natürlich auf einer Wellenlänge mit einem Partner. Im Idealfall sogar noch einem männlichen, aber so jemanden zu finden, ist verdammt schwer. Die meisten Männer, die hier auf der Seite nach Rollenspielpartnern für ihre selbst ausgedachten Charaktere suchen, wollen willige Mädchen von hier bis zum Mond vögeln. Nur virtuell, versteht sich. Das ist das Nette auf dieser Seite. Keine Namen, kein privater Kontakt, außer man einigt sich darauf. Keine Verpflichtungen, gleichzeitig die Möglichkeit, grenzenlos die geheimsten Phantasien auszuleben, ohne dass man dafür verurteilt wird. Denn sind wir ehrlich, jeder hat doch irgendetwas, wofür er sich schämt. Okay, wahrscheinlich jeder außer mir - ich liebe es einfach nur zu spielen, aber ich verurteile auch niemanden.

Eigentlich will ich ja nicht viel, aber offensichtlich doch zu viel, um jemanden zu finden, mit dem ich längerfristig meine RPGs schreiben kann. Noch ein Seufzen, dann klicke ich auf den Index, der mich zur Liste der Vorschläge anderer User bringt, und mache mich auf die Suche nach etwas, das mich interessieren könnte.

Penisprinz sucht willige Mösenprinzessin
Heute schon gestochen?
Please rape me!
Fuck me harder!

Ich klicke auf die eine oder andere Anfrage, lese mir die Beschreibung der Geschichte und den Steckbrief der zu besetzenden Rolle durch, nur um nach gut zehn Minuten entnervt aufzugeben. Warum, zur Hölle, ist es so schwer, einen neuen …

Mein Blick schwenkt zu der Liste der jetzt gerade angemeldeten User und ich sehe einen Namen, dahinter den Vermerk ›neu dabei‹: Chain

Neugierig klicke ich auf sein Profil und finde … so gut wie nichts. Okay? Na ja, vielleicht ist er ja noch so neu, dass er einfach noch nicht dazu gekommen ist, sein Profil mit Daten zu füttern? Langsam scrolle ich mich durch die wenigen Angaben und bleibe dann an einer Zeile hängen. Er sucht nach männlichen Playpartnern. Nach Tops. Oh. Mein. Gott! Meine Gebete wurden erhört. Na gut, ich weiß noch nicht, ob er auch schreiben kann. Oder ob wir gleich ticken, oder keine Ahnung was, aber das ist doch schon mal fast wie ein Fuß in der Tür. Ich schreibe ihm jetzt einfach. Wenn´s nicht klappt, meine Güte, dann ist es halt so, aber ich kann diese Gelegenheit ja wohl kaum ungenutzt verstreichen lassen!

Von: Flynn
An: Chain
›*Hey du! Erst mal herzlich willkommen hier auf der Seite. Hab gesehen, dass du noch neu bist und dachte, ich sag mal hi! In deinem Profil steht, dass du auf der Suche nach einem Top bist und na ja… Here I am? xD*
Wenn du interessiert bist, hab ich auch schon ein oder zwei RPG-Ideen, die ich dir vorschlagen könnte, bin aber auch für alles offen, was dir vielleicht so unter den Nägeln brennt. Jedenfalls würde ich mich freuen, von dir zu lesen! LG Flynn‹

Abgeschickt. Oh Gott, jetzt bin ich richtig nervös. Keine Ahnung warum, denn nur, weil wir eventuell dasselbe Ziel haben, heißt das ja wirklich nicht, dass wir auch zusammenpassen. Sein Profilbild ist nichtssagend. So ein typischer Sonnenuntergang am Meer. Eigentlich voll langweilig, aber in meiner Situation kann ich´s mir nicht leisten, wählerisch zu sein, und vielleicht hatte er auch gerade einfach nichts anderes? Ich selbst hab ein Bild von meinem eigenen Charakter, mit dem ich fast alle meine RPGs spiele. Flynn. Ein Bekannter hat es für mich gezeichnet und es stört mich kein bisschen, dass eine gewisse Ähnlichkeit zu mir selbst absolut nicht wegzureden ist.

Ich wechsle das Fenster und sehe nach, ob sich auf Facebook was getan hat, trinke nebenher einen Schluck von meiner Cola und greife dann nach meinem Handy, aber niemand hat mir geschrieben. Doof. Aber macht nichts, ich- Oh! Oooohhhhhh, ich hab eine Antwort! Von Chain. Oh Gott, ich krieg richtig Herzrasen. Voll übertrieben, aber egal, denn vielleicht klappt es ja und ich hab nen neuen Partner. Total aufgeregt öffne ich die neue Nachricht.

Okay, das ist nicht gerade viel.

Von: Chain
An: Flynn
›Hallo, danke und ja, kannst du machen. MfG Chain‹

Das ist echt nicht viel.

1,5 JAHRE SPÄTER

Josuha: Jetzt vollkommen verwirrt ließ er seine Hand sinken, hörte komplett auf sich zu wehren und starrte wie versteinert zu Flynn hinüber, der gerade Gegner Nummer vier niederschlug. Wie ein Berserker wütete er unter den Angreifern, die nun mehr und mehr in die Defensive gedrängt wurden.

Plötzlich war sein linker Arm wieder frei. Einer der Männer hatte ihn losgelassen, um seinen Kameraden zu helfen. Josuha nutzte den Moment, um sich jetzt umso heftiger gegen die zwei verbliebenen Widersacher zu wehren.

Hinter Flynn tauchte jemand wie aus dem Nichts auf und holte aus. »Achtung, Flynn, Baseballschläger!«

Flynn: »Fuck, danke, Mann!«, rief Flynn, wich zur Seite aus und trat dem Bastard mit voller Wucht in den Magen. Josuha hatte ihn gewarnt, dachte er sich, und konnte sich das Grinsen nicht verkneifen, während er den nächsten Gegner ansprang und zu Boden riss. Hieß das jetzt, dass Josh ihn doch mochte? Oder wollte er nur nicht, dass Flynn auch überwältigt wurde und sie dann beide am Arsch waren?

[Josuha: Kannst du das mit den Kraftausdrücken bitte etwas reduzieren?]

[Flynn: Sorry, hab mich mitreißen lassen xP]

Josuha: Verbissen kämpfte Josuha gegen die beiden Männer, die ihn festhielten. Seine Schultern schmerzten immer noch von der unangenehmen Haltung, in die man ihn die letzten Tage gezwungen hatte, und er spürte, wie ihn langsam seine letzten Kraftreserven verließen. Dennoch kam Aufgeben nicht in Frage. Seine Tritte und Schläge waren bei weitem nicht so kraftvoll wie sonst, aber sie trafen alle ihr Ziel und so schaffte er es immerhin, sich gegen die beiden Männer zu behaupten.

Aus dem Augenwinkel sah er, wie Flynns letzter Gegner zu Boden ging. »Flynn, ich könnte hier etwas Hilfe gebrauchen!«, knurrte er.

Flynn: »Bin gleich da, Liebster«, sang Flynn, sprang einen der beiden Männer, die Josh festhielten, von hinten an und brach ihm mit einem harten Ruck das Genick. Der Scheißkerl hatte Josh angepackt, das hatte er vorhin selbst zugegeben. Dumm, dass er sich damit sein eigenes Grab geschaufelt hatte, der Sack!

[Josuha: Ich meinte das ernst.]

[Flynn: Jaaaa, sorry, ich war so sauer auf den Wichser!]

[Josuha: Du hast ihn selbst geschrieben ...]

[Flynn: Ich weiß, und ich hasse ihn! Er hat meinem Baby wehgetan.]

[Josuha: Ich bin nicht dein Baby.]

[Flynn: Aber Jooooosh!!! Er ist so toll! Keiner hat den anzufassen außer Flynn!]

[Josuha: Du hast doch selbst alles vorgeschlagen, was ihm angetan worden ist?]

[Flynn: Das spielt doch gar keine Rolle! xD]

Josuha: »Du sollst mich nicht so nennen, Idiot!« Dennoch konnte Joshua nicht umhin, grimmige Befriedigung zu empfinden, als sein Peiniger leblos zu Boden sank. Dieser Mann hatte ihm so viele Dinge angetan ...

Flynn: »Ach Schatz, sei doch nicht so!«, sagte Flynn, trat nun näher und grinste dem letzten verbliebenen Entführer entgegen, der mit großen Augen und ziemlich verunsichert hinter Josh stand. »So, und jetzt zu uns. Lass Josh los, Arschloch, vielleicht lass ich dich dann leben«, drohte er und leckte sich über die Zähne. Er spürte, wie die Krallen an seinen Händen noch ein Stückchen länger wurden und seine dunkle, dämonische Aura den Raum verdunkelte. Der Mann fasste Josh um die Kehle und die Pistole, die er die ganze Zeit gegen seine Seite gedrückt hatte, presste er nun gegen seine Schläfe.

[Josuha: Wo kommt die Waffe jetzt her?]

[Flynn: Drama und so?]

[Josuha: Der Typ hätte ihn doch längst abgeknallt und nicht zugesehen, wie ein Dämon seine Kameraden schlachtet?!]

[Flynn: Ja guuuut, dann halt ohne Waffe]

[Josuha: Danke]

Josuha: Josuha spürte, wie der Mann hinter ihm sich anspannte.

»Ich würde an deiner Stelle loslassen«, warnte er, denn er wusste, dass Flynn keine Gnade kannte, wenn er in diesem Zustand war. In dieser Zwischengestalt, halb Mensch, halb Dämon.

»Halt den Mund!«, wurde er von seinem Entführer angefahren, dann packte der Mann ihn an den Haaren und zerrte seinen Kopf in den Nacken.

Flynn: »Du hast es so gewollt, Pisser!«, grollte Flynn und katapultierte sich nach vorne. Er sprang über Josh und den Mann hinweg, und bevor der Typ verstand, was passierte, war er schon tot. Flynns Körper pulsierte immer noch von all dem Adrenalin, das ihn immer durchströmte, wenn er seiner dämonischen Natur freien Lauf ließ.

Josuha: »Du hättest dich ruhig ein bisschen mehr beeilen können«, brummte Josuha und bewegte vorsichtig seine Arme und Schultern.

Flynn: »Ey, ich hab Vollgas gegeben! Du hättest dich auch einfach nicht entführen lassen müssen!«

Lachend trat Flynn näher und legte seine Hand auf Joshs Oberarm. »Aber mal ohne Spaß: Geht´s dir gut?«, fragte er ernst, zog seine Aura wieder um sich zusammen und umhüllte damit sanft den Menschen, der ihm so wichtig geworden war.

[Josuha: Ich habe dir jetzt schon mehrfach gesagt, dass ich keine Romantik in dem RPG haben will.]

[Flynn: Ach komm, ich hab dir keinen Antrag gemacht. Er mag ihn halt.]

[Josuha: ...]

Josuha: »Ja, es geht schon. Nichts gebrochen, alles okay«, brummte Josuha, stand dabei reglos in dem Griff des Anderen und verdrängte die aufkommenden Gedanken an das, was ihm in den letzten Stunden angetan worden war.

[Flynn: Der Gangrape war echt hart]

Flynn: »Dann ist ja gut. Ich dachte echt, die bringen dich um.« Nach einem letzten Blick durch den Raum zog er seine Aura endgültig zurück und begann, sich in seine menschliche Form zurückzuverwandeln, die ihm immer ein bisschen zu klein vorkam für all die Macht und Kraft, die in ihm steckte.

Josuha: »Warte. Bleib so.« Zögerlich streckte Josuha seine Arme aus, legte sie um Flynns Hals und zog ihn näher, den Blick starr auf seinen Mund mit den zwei herausragenden, messerscharfen Eckzähnen gerichtet.

[Flynn: Was wird das?]

[Josuha: Schreib]

[Flynn: Moaaahhh, du bist so ein Arsch!]

Flynn: Verwirrt ließ Flynn sich näher ziehen. Was hatte der Andere vor? Konnte es sein, dass ...
»Was tust du ...?«

Josuha: »Sei still. Du wolltest mich doch, oder?«, fragte Josuha unsicher. Flynn hatte schon oft gesagt, dass er mit ihm schlafen wollte, und daten und alles in dieser Richtung. Also sollte es ihm doch gefallen, wenn er endlich bekam, was er wollte.

Flynn: »Ich ... Echt jetzt?«
Josuha: »Ja.«

Flynn: Flynn konnte sein Glück kaum fassen. Er zögerte nicht lange, beugte sich zu Josh und küsste ihn verlangend. Er hoffte, dass er ihm mit seinen Zähnen nicht wehtat, aber wenn Josh es so wollte, sollte er sich darum wohl keine Gedanken machen. Zufrieden summte er in den Kuss und dann ließ er auch schon seine Hände über Joshs Oberkörper gleiten, strich die Fetzen seines Oberteils zur Seite und küsste ihn fester. Er wollte ihn, schon die ganze Zeit.

Josuha: Seufzend erwiderte Josuha den Kuss, vergrub seine Finger in Flynns hellen Haaren und zog ihn noch näher zu sich, während er ihn rückwärts durch den Raum dirigierte.

[Flynn: Lol, da liegen überall Leichen ... xD]

[Josuha: Willst du jetzt nen Lemon oder nicht?!]

[Flynn: Fuck, ja! Sorry, ich bin still! XD]

Flynn: Langsam bewegten sie sich um die Leichen auf dem Boden herum, bis sie zu der Matratze kamen, auf der er Josh bei seinem Eintreffen gefunden hatte. Dort sanken sie langsam zu Boden und Flynn drehte sich so, dass Josuha unter ihm zu liegen kam.

[Josuha: Ich muss afk]

[Flynn: Was jetzt? Warum?!]

[Flynn: Ey, du Arsch, nicht abhauen! Das ist nicht fair!]
[Flynn: Arschloch!]

Ich schlage mit der flachen Hand auf die Tischplatte neben meinem Laptop, dass es knallt. Weh tut es auch, aber fuck! Mein Blick fällt auf die Uhrzeit rechts unten auf dem Bildschirm und ich ziehe automatisch den Kopf zwischen die Schultern. Gleich eins. Mist. Wenn ich meine Eltern jetzt aufgeweckt habe, erschlägt mich Mum. Aber zu meinem Glück bleibt es still in der Wohnung. Nur meine Wut auf den blöden Bastard von Chain, der mich kurz vor dem Lemon, der Sexszene, auf die ich seit zwei Wochen warte, hat hängen lassen, ist immer noch da. Ja, es ist spät und ja, ich hab morgen Uni, aber ich hätte auch durchgemacht, wäre mir egal gewesen. Die Lemons mit ihm sind es wert. Sie sind alles wert. Und dann haut der Blödmann einfach ab. Dabei haben wir schon oft bis drei Uhr nachts oder noch länger geschrieben. Und jetzt verzieht er sich einfach. Ich meine, okay, wirklich angefangen haben wir noch nicht, aber in meinem Kopf waren wir schon voll dabei und ich bin dezent geil. Verdammt!

***

Am nächsten Morgen bin ich immer noch stinkig. Ich wollte dieses verdammte RPG weiterschreiben.

»Morgen! Meine Güte, was machst du denn für ein Gesicht«, begrüßt mich meine beste Freundin Hannah, als ich den Park auf der Südseite des Campus betrete, wo sie bereits auf einer der vielen Bänke auf mich wartet.

Ich bin maulig. Die Brauen so weit zusammengezogen, dass sie sich mit Sicherheit fast auf meiner Nasenwurzel treffen, stiefle ich auf sie zu, während sie lächelnd auf die Seite rutscht und sich ihre schulterlangen, kastanienbraunen Haare aus dem Gesicht streicht. Ihre grünen Augen blitzen vergnügt. Sie kann sich wahrscheinlich schon denken, weswegen ich so finster aus der Wäsche schaue.

»Ich bin angefressen«, meckere ich. Sie umarmt mich zur Begrüßung und ich brumme ihr dabei unzufrieden ins Ohr. »Hannaaah, er ist so blöd!«, jammere ich und spüre, wie sie in meinem Arm kichert.

»Chain?«

»Ja, Mann! Er hat mich kurz vor dem Sex einfach sitzen lassen, der Idiot.«

»Oooooh, der schlimme Kerl, wie kann er nur«, lacht sie mich weiter aus und sieht mich dann mit schief gelegtem Kopf an. »Such dir doch mal wieder einen echten Menschen für echten Sex.«

»Chain ist ein echter Mensch!«, halte ich sofort dagegen und schnaube ablehnend.

»Ja, aber ich bezweifle, dass es genauso toll ist, seinen Laptop zu befummeln, wie einen echten Körper.« Wie kommt sie denn jetzt darauf? Meine Augenbrauen wandern gefühlt hoch bis zu meinem Haaransatz.

»Ich befummle doch meinen Laptop nicht«, sage ich fassungslos.

»Ja, oder dich selbst.«

Seufzend winke ich ab.

»Ja schon, aber das ist immer so anstrengend sich jemanden für unverbindlichen Spaß zu suchen. Schwulenbars sind nicht mein Ding, und einfach so wird mir kein attraktiver Kerl vor die Füße fallen, mit dem ich Sex haben kann.« Ich finde es so, wie es gerade ist, tatsächlich voll in Ordnung. Okay, ich wüsste schon gerne, wer hinter dem Nickname ›Chain‹ steckt, aber er hat von Anfang an gesagt, dass er keine privaten Chats will und auch sonst keinen näheren Kontakt. Aber selbst aus den paar privaten Zeilen während des RPGs kann ich herauslesen, dass wir super harmonieren. Ich wette, würden wir uns treffen, ich wüsste sofort, dass er es ist. Es würde funken wie verrückt und er würde einsehen, dass es keinen Sinn hat, mich abzuweisen, weil er mich genauso sehr will wie ich ihn. Und dann hätten wir Sex. Richtigen Sex. Jap, so würde es definitiv ablaufen.

»Du und deine Ansprüche. Ich würde ja - oh, guten Morgen, Schatz!«, unterbricht sie sich selbst und strahlt über meine Schulter hinweg. Ich kann nicht mal was dafür, dass ich quasi direkt die Augen verdrehe. Was macht *der* schon hier?

»Ich bin weg«, brumme ich und wende mich ab, bevor Hannahs Freund so nahe ist, dass ich ihm hallo sagen muss. Allerdings habe ich meine Rechnung ohne meine beste Freundin gemacht.

»Ne, warte noch kurz, ich hab endlich an dein Ladekabel gedacht.« Sie zieht mich am Arm wieder zurück und fängt an, mit der freien Hand in ihrer Tasche zu wühlen. Nicht ihr Ernst?

»Ach ne, das kannst du mir auch später geben, das muss jetzt echt nicht sein.«

»Jetzt warte.« Immerhin lässt sie mich los, um mit zwei Händen weiter zu suchen, aber um abzuhauen, ist es jetzt leider zu spät. Ihr Freund hat uns bereits erreicht.

»Guten Morgen.« Ein kurzer Blick trifft mich, allerdings ist völlig klar, dass die Begrüßung allein an Hannah gerichtet ist.

»Hey Schatz, einen Moment, ich bin gleich – ah, da ist es!« Grinsend reicht sie mir das Kabel. Ich frage mich, ob es nur mir auffällt, dass ihre Stimme immer ein bisschen zu hoch klingt, wenn sie mit Leon spricht. Als wäre er ein niedlicher kleiner Welpe. Wenn man mich fragt, ist der Typ alles, aber nicht niedlich. Leon von Falkenberg ist ein Arsch und mit Ärschen will ich nichts zu tun haben. Okay, doch, wenn ich meinen Penis reinstecken will, aber ganz sicher nicht in seinen. Denn auch wenn er echt gut aussieht, also sein Arsch, ist der Rest, der da dranhängt, immer noch scheiße. Ich habe absolut keine Ahnung, was Hannah an dem Kerl findet. Er sieht gut aus, groß wie er ist, mit seiner sportlichen Figur, den schwarzen Haaren und den dunklen Augen. Ja, er ist sogar ziemlich attraktiv, aber das war´s auch schon. Ich glaube, ich habe ihn während der drei Jahre, die sie jetzt zusammen sind, nicht ein einziges Mal lachen sehen. Ich glaube, der weiß gar nicht, wie das geht. Anfangs, als Hannah noch versucht hat, ihn in die Clique zu integrieren, kam er gelegentlich mit in unseren Stamm-Club oder eine Bar und saß dann den ganzen Abend einfach nur da und hat stumm und gelangweilt vor sich hin geglotzt. Irgendwann hat Hannah glücklicherweise eingesehen, dass das keinen Sinn hat. Sie kam dann entweder alleine oder gar nicht. »Mike?«

»Ja, sorry«, brumme ich, nehme das Kabel entgegen und nicke Leon immerhin zu. Er murmelt irgendwas, das von ›Hallo‹ bis ›hau ab‹ alles bedeuten kann, dann bin ich auch schon Luft für ihn und er wendet sich Hannah zu.

»Bis gleich«, sage ich noch zu Hannah, wende ich mich ab und sehe zu, dass ich möglichst schnell und möglichst viel Abstand zwischen mich und den Blödmann bringe.

»Jo, Mike!« Ich muss einen ziemlich großen Schritt nach vorne machen, damit es mich nicht aufs Maul haut, weil Tim mir unerwartet, und vor allem mit verdammt viel Schwung, ins Kreuz gesprungen ist.

»Ey, du Blödmann!«, lache ich, beuge mich nach vorne, greife nach ihm und versuche ihn von mir runter zu zerren. Er ist ganz schön schwer. Ist nicht einfach, so das Gleichgewicht zu halten.

»Warum hast du mir gestern nicht mehr geantwortet?«, plärrt er mir ins Ohr, während er sich gleichzeitig an mir festklammert. Alle um uns herum schauen schon. Der dämliche von und zu Idiotenberg bestimmt auch.

»Runter jetzt!«, meckere ich, zapple in seinem Griff, aber er hängt an mir wie eine Zecke, die sich gnadenlos festgebissen hat.

»Erst will ich wissen, warum du mich verlassen hast!« Boah, und dann heißt es immer, ich bin peinlich! Warum muss er so rumschreien?

»Lass jetzt los, du Idiot!«, verlange ich, jetzt auch lauter werdend.

»Naaaaaaiiiiiiin, du liebst mich nicht mehr!« Jetzt muss ich echt lachen. Er ist so blöd. Wahrscheinlich ist er deshalb seit gefühlt 100 Jahren mein bester Freund. Ich gebe meine Versuche auf, ihn nach vorne zu ziehen, und lasse mich statt dessen einfach nach hinten kippen. Ich knalle mit voller Wucht auf ihn drauf, wobei ich mir selbst das Steißbein ein bisschen prelle, aber das macht gar nichts.

»Fuck! Du Wichser«, stöhnt er schmerzerfüllt unter mir, bevor ich meine Körperteile wieder einsammle und aufstehe. Mit einem sehr breiten, sehr gehässigen Grinsen im Gesicht.

»Selbst schuld.« Er ist voll auf dem Rücken gelandet. Das tut bestimmt anständig weh. Ich habe absolut kein Mitleid, auch wenn ich ihm meine Hand hinhalte, um ihm hochzuhelfen.

»Ich hätte mir was brechen können«, grummelt er, allerdings weiß ich, dass er nicht wirklich sauer ist. »Jetzt mal im Ernst, ich brauch immer noch eine Antwort wegen Samstag. Kommst du jetzt früher, um mir zu helfen oder nicht?«, wechselt er dann auch direkt das Thema und ich muss einen Moment überlegen, bis ich verstehe, wovon er spricht. Ach ja! Seine Geburtstagsparty! Ich war gestern so von dem RPG abgelenkt, dass ich völlig vergessen habe Tim zu antworten.

Grinsend kratze ich mich am Kopf und bemühe mich um einen schuldbewussten Gesichtsausdruck, was aber leider gar nicht so einfach ist, wenn man direkt wieder Kopfkino hat. Und Alter, das war schon echt …

Ich bin kein Sadist oder so. Ich tu keinem was. Ich will das auch gar nicht, aber so in der Fantasie ... Mit Figuren, die eh nicht real sind ...

Und gerade Josuha, der eigentlich eher so der arrogante Typ ist, stark und unbeugsam - das war schon echt interessant, den in die Knie zu zwingen.

»Mike? Bist du noch da?« Verwirrt sehe ich Tim in die hellbraunen Augen, die mich halb amüsiert, halb genervt mustern.

»Hä? Oh, sorry! Also, wegen Samstag, genau! Ich kann schon eher kommen und dir helfen, kein Stress«, erkläre ich schnell und lächle gewinnend. Fuck, dieses Kopfkino.

»Okay, aber wirklich! Wehe, du verpennst oder verpeilst es, dann bin ich echt sauer«, warnt er mich und taucht unter meinem Arm weg, als ich lachend versuche, ihm durch seine sorgfältig nach oben gestylten, dunkelbraunen Haare zu wuscheln.

»Würd ich nie, echt jetzt! Komm, es ist kurz vor neun. Meine erste Vorlesung fängt gleich an. Bring mich hin«, fordere ich, lasse jetzt aber von ihm ab. Er ist echt empfindlich, wenn es um seine Haare geht. War er aber schon immer. Ich bin da weniger eitel, aber gut, der blonde Mobb auf meinem Kopf macht sowieso nur das, was er will. Mit seinen tausend Wirbeln weint mein Friseur regelmäßig, wenn er aus dem Vogelnest da oben etwas zaubern soll, das nach etwas Brauchbarem aussieht.

»Du begleitest mich nie zu meinem Kursraum!«, meckert Tim mich prompt an, während wir bereits auf dem Weg ins Gebäude sind.

»Ja, weil meine immer vor deinen anfangen? Dafür warte ich nachmittags auch auf dich.« Im Übrigen wahrscheinlich der einzige Grund, warum meine Zensuren sich einigermaßen im Mittelmaß halten: weil ich meine Notizen immer durchgehe, während ich warte. Zu Hause kann ich nicht lernen. Da gibt´s viel zu viele Dinge, die ich lieber tun würde. Virtuellen Sex mit Chain haben, zum Beispiel.

»Pfff …«, macht er noch, dann boxt er mir grinsend gegen den Oberarm, während wir uns in Bewegung setzen. »So, und jetzt ehrlich, warum hast du gestern nicht mehr geschrieben? Chain? War´s wenigstens gut?«

»Scheiße ja, ist es immer!«, seufze ich glücklich. Natürlich weiß auch Tim von Chain. Ebenso, was wir schreiben, auch wenn er im Gegensatz zu Hannah noch nichts davon gelesen hat. So genau will er´s nicht wissen, meinte er. Hannah dagegen liebt es, unsere Geschichten zu lesen, und ich weiß, dass sie sich den Arsch wegfreut, wenn sie die Mail in ihrem Postfach findet mit einer Datei von gestern. Die kleine Perverse.

»Und dafür lässt du mich einfach hängen«, mischt Tim sich wieder in meine Gedanken.

»Ich wurde auch hängen gelassen. Kurz vorm Vögeln. Das war ziemlich mies.«

»Das ist nur gerecht, jedem das, was er verdient.«

»Ist es nicht«, maule ich entrüstet.

»Doch, ist es, und jetzt hau ab. Ich will noch

frühstücken und in die Bibliothek, bevor mein erster Kurs anfängt.« Sein gehässiges Grinsen zeigt mir nur zu deutlich, dass er genauso wenig Mitleid mit mir hat wie ich mit ihm.

»Du bist so nett«, brumme ich, stoße dann meine Faust gegen seine und gehe in meinen Kursraum. Wirklich motiviert bin ich nicht, denn da wären genug Dinge, die ich lieber tun würde, aber es hilft ja nichts. Außerdem gehe ich nebenher noch in einem ziemlich bekannten Burgerladen arbeiten, um mir das alles hier zu finanzieren. Zwar macht es mir ziemlichen Spaß, vor allem, da ich mich super mit meinem Chef Viktor und meinen Kollegen verstehe, aber es ist ja dennoch Zeit, die mir für andere Dinge – schönere Dinge – fehlt. Ich wäre schön blöd, würde ich das umsonst machen. Also hole ich seufzend meine Unterlagen raus und lümmle mich in meinen Sitz. Der Dozent ist noch nicht da und ich bereue gerade, dass ich nicht kurz noch mit Tim in die Cafeteria gegangen bin. Die Tür geht erneut auf und dann bin ich baff, als Hannah und Leon den Raum betreten. Was will der hier? Der fängt doch meistens viel später an und ist für diesen Kurs auch gar nicht eingeschrieben? Meine Stimmung sinkt immer weiter, als ich zusehe, wie die beiden sich in der dritten Reihe Plätze suchen. Ich bin in der Vorletzten. Und Hannah sitzt normalerweise immer neben mir. Okay, ich bin froh, dass sie ihren blöden Freund nicht mit zu mir schleppt, aber dennoch stört es mich, dass sie nicht bei mir ist. Als sie sich zu mir umdreht und winkt, strecke ich ihr die Zunge raus. Sie lacht nur und streicht beim Umdrehen ihrem Freund über den Rücken. Kann der nicht allein da unten hocken? Ich hole mein Handy raus und öffne unseren Chat.

›Hast du schon deine Mails gecheckt?‹

Es dauert nicht lange, dann habe ich eine Antwort.

›*_____* noch nicht aber yay!‹ Sie dreht sich nochmal zu mir um und strahlt übers ganze Gesicht.

›Es war so gut!‹, fange ich direkt an zu schwärmen und merke, wie es in meinem Magen angenehm kribbelt.

›Nicht spoilern! D:‹

›Ich sag doch nichts! XD Aber er ist so ein versautes Stück, ey! Ich würde ihn so gern im RL kennenlernen. Der ist bestimmt ne Granate im Bett.‹

›Vielleicht ergibt sich das ja noch irgendwann x3‹, schreibt sie zurück, bevor sie offline geht. Unzufrieden beobachte ich, wie Leon sich zu ihr beugt und sie daraufhin das Handy ganz weglegt. Was soll das denn? Sie kann mir doch wohl wenigstens schreiben, wenn sie schon nicht bei mir sitzt? Endlich kommt jetzt auch mal der Dozent und dann muss ich mich die nächste Stunde leider auf etwas anderes konzentrieren als auf die Vorstellung von Josuha, der sich von Flynn nageln lässt.

***

Der Tag zieht sich wie Kaugummi. Gefühlt hat jede Stunde doppelt so lang gedauert, aber irgendwann war es dann doch soweit und ich bin endlich wieder zu Hause.

»Bin wieder da!«, schreie ich durch den Flur, bekomme aber keine Antwort. »Mum? Dad?« Ich sehe auf mein Handy, habe aber keine verpassten Anrufe oder neue Nachrichten. Na ja, die werden schon…

Ach, ich bin so doof. Die sind ja heute bei den Nachbarn zum Grillen eingeladen. Ich könnte auch hingehen, aber der Gedanke an mein RPG reizt mich mehr als die Aussicht auf Grillfleisch, und das soll schon was heißen. Im Kühlschrank liegt noch eine halbe Melone. Die schneide ich mir klein, dann gehe ich hoch in mein Zimmer und werfe meinen Laptop an. Gott, schmeckt die Melone gut! Und fast hätte ich jetzt meine Tastatur eingesaut. Kurz überlege ich, ob ich mir Klopapier holen soll, weil ich das sicher bereue, wenn ich geil werde und dann nichts zum Aufwischen da habe, aber dann öffne ich den Browser und das RPG und der Gedanke ist schon wieder weg, denn ... Oh Gott, da ist ein neuer Post, ich …

[Josuha: Ich glaube, es wäre besser, wenn die beiden jetzt keinen Sex haben. Das passt hier nicht.]

Will der mich eigentlich verarschen?

[Flynn: Warum? Was passt denn nicht?]

[Josuha: Josuha wurde vor Kurzem mehrfach missbraucht und hier liegen überall Leichen.]

[Flynn: Hat ihn gestern auch nicht gestört ...]

[Josuha: Ja, aber ich habe nochmal drüber nachgedacht und finde, dass es jetzt unrealistisch wäre.]

[Flynn: Aha ... Weil ja alles außen herum sooo realistisch ist ...]

[Josuha: Wir können es auch ganz sein lassen, wenn du unzufrieden bist.]

[Flynn: Nein! So war´s nicht gemeint! Dann jetzt kein Lemon, ist okay. Wo machen wir dann weiter? Oder willst du was komplett Neues?]

[Josuha: Mir egal ...]

Das macht er nicht selten ... Leider. Und es nervt mich zu Tode! Etwas läuft nicht so, wie er´s will, und dann stirbt das RPG. Wir haben auch Abgeschlossene, ziemlich lange, aber oft genug passiert es, dass ihm irgendwas nicht recht ist und dann meckert er und wir brechen ab. An sich ja kein Problem, aber doch nicht, wenn ich mich auf den Lemon freue.

[Flynn: Hast du Plot?]

[Josuha: Noch nicht. Wir können auch weiterschreiben ...]

Irgendwie klingt er komisch.

[Flynn: Alles okay?]

[Josuha: Natürlich, warum?]

[Flynn: Du wirkst irgendwie bedrückt.]

Und das tut er wirklich. Ich weiß nicht mal woher der Eindruck kommt, aber irgendwie klingt er, als würde was nicht stimmen.

[Josuha: Nein, alles bestens und hör auf damit. Ich sagte schon, ich will hier nichts Persönliches oder Privates haben. Entweder wir schreiben weiter oder du hast eine andere Idee. Bin eben afk.]

Er ist manchmal echt so ein Arschloch. Fieberhaft überlege ich, wie ich den Abend retten kann. Ich wollte diesen verdammten Lemon! Also, was ist besser? Weitermachen und Gefahr laufen, dass es nur ein aufgeschobener Tod ist und wir das RPG am Ende dennoch abbrechen, oder etwas Neues und sich wieder von Beginn an durch einen endlosen Plot wühlen, bis unsere Jungs endlich zur Sache kommen?

[Josuha: re]

[Flynn: wb]

[Josuha: Und, hast du dir überlegt, was du willst?]

[Flynn: Jein. Ich glaube, ich will was Neues, aber ...]

[Josuha: Aber?]

[Flynn: Ich wollte so gern den Lemon haben! T-T]

[Josuha: Du bist unmöglich.]

[Flynn: Untervögelt schon eher. Bzw Flynn. Ich kann mich nicht beschweren, aber ich steh halt auf unsere Lemons xD]

Das ist jetzt vielleicht ein bisschen gelogen. Ich hatte vor fünf Monaten zum letzten Mal Sex und das ist definitiv zu lange her. Aber ich hoffe aufs Wochenende, auf Tims Party. Der hat noch einige Freunde außerhalb der Uni und die haben auch Freunde und vielleicht ist da ja was Leckeres dabei.

[Josuha: Das freut mich, ändert aber nichts daran, dass ich die Beiden in dieser Situation keinen Sex haben lassen möchte.]

[Flynn: Okay, dann was ganz Neues? PWP?]

Merkt man, dass ich´s nötig hab? Ne, oder?

[Josuha: Du bist sehr wohl unmöglich :)
Okay, PWP. Hast du ein Setting?]

Fuck, yeah! Okay, Setting ... Maaah, los Hirn, streng dich an! Oh, ich weiß!

[Flynn: Also, vielleicht treffen die beiden sich auf einer Party? Vielleicht eine von einem Kumpel von Flynn?]

Warum sich das Hirn verbiegen, wenn das Offensichtliche quasi vor meiner Nase liegt, mit Tims Party am Wochenende?

[Josuha: Okay, von mir aus. Dann ohne dämonischen Hintergrund?]

[Flynn: Mir egal, aber ich glaube lieber ohne. Das zieht sich dann wieder beim Erklären ect.]

[Josuha: Stimmt. Fängst du an?]

[Flynn: Oki, Moment!]

Schnell eröffne ich ein neues RPG, füge Josuha hinzu und dann muss ich kurz überlegen, bevor ich anfange zu tippen. In Gedanken bin ich bereits in Tims Haus, das ich in- und auswendig kenne, nach all den Jahren, in denen ich dort quasi zur Familie gehöre. Entsprechend leicht fällt es mir, mir das Haus als Setting vorzustellen. Kurz überlege ich noch, wie ausschweifend ich die Einleitung schreibe, beschließe dann aber, dass ich einfach mitten im Geschehen anfange. Ich habe keine Lust auf ewig langes Vorgeplänkel.

[Flynn: Als Flynn vom Klo zurückkam, war er ziemlich erstaunt, wie viele Leute inzwischen da waren. Dabei hatte er sich gar nicht so lange mit dem Typ aus seinem Kurs unterhalten. Zumindest dachte er das. Jetzt waren locker zwanzig Leute mehr da als vorhin und zu seiner Freude entdeckte er auch einige unbekannte Gesichter. Schnell ging er in die Küche, um sich noch ein Bier zu holen, blieb aber dann im Türrahmen stehen, als er jemanden entdeckte, mit dem er absolut nicht gerechnet hatte.

[Josuha: Also kennen sie sich?]

[Flynn: Flüchtig? Ein One-Night-Stand?]

[Josuha: Okay]

Josuha: Erstaunt hielt Josuha in der Bewegung inne, als er sah, wer da eben die Küche betreten hatte.

»Du ...«

Flynn: »Hey! Lange nicht gesehen, wie geht´s?«, fragte Flynn und kam sich ein bisschen blöd vor. Aber gut, was sagte man auch zu jemandem, mit dem man vor etwa einem halben Jahr Sex gehabt hatte und nicht mal den Namen kannte? Der Sex allerdings war ziemlich geil gewesen.

Josuha: »Gut, danke. Was tust du hier?«

Flynn: »Feiern?«

Josuha: Josuha schnaubte abfällig und verdrehte die Augen.
»Warum feierst du ausgerechnet hier?«

Flynn: »Weil Jamie mein bester Freund ist? Und du? Was machst du hier?«

Josuha: »Wer ist Jamie?«

Flynn: Er lachte kurz, schüttelte den Kopf und ging dann zum Kühlschrank, um sich das Bier zu holen, weswegen er eigentlich gekommen war.

»Jamie ist der Gastgeber, du Held.«

Josuha: Gelassen zuckte er die Schultern.
»Freunde haben mich mitgeschleppt. Ich wusste nicht einmal, wohin es ging, bis ich hier war.« Josuha hatte sich von diesem Abend ohnehin nicht viel versprochen, und als seine Freunde ihn dann hierher verschleppt hatten, hatte er bereits einsehen müssen, dass das Einzige, was heute laufen würde, der Alkohol war. Dabei hatte er eigentlich auf mehr gehofft. Und genau diese Hoffnung auf mehr erfüllte sich gerade. Zumindest wenn er nach dem Blick ging, mit dem sein Gegenüber ihn musterte. Ihr letztes Treffen war zwar schon ein paar Monate her, aber er konnte sich noch sehr gut daran erinnern, dass er ziemlich auf seine Kosten gekommen war.

Flynn: »Ah, okay. Und wie ist es bis jetzt?« Flynn öffnete die Flasche und ließ den Deckel auf dem Küchentisch liegen.

Josuha: »Ich bin erst seit drei Minuten hier.«

Flynn: »Ach so. Lust zu tanzen?«, fragte Flynn und deutete mit dem Kinn Richtung Wohnzimmer, wo die anderen bereits zu lauter Musik tanzten und feierten.

Josuha: Josuha folgte seinem Blick, sah dann runter auf den Becher in seiner Hand.

»Warum nicht.« Er trank den ziemlich hart gemixten Wodka-Lemon auf ex und warf dem Anderen ein recht einladendes Lächeln zu. Ja, es sah ganz danach aus, als bekäme er heute doch noch mehr als einen anständigen Rausch.

Flynn: Flynn nahm ebenfalls einen großen Schluck aus seiner Flasche, exte sie aber nicht. Er wollte nicht direkt wieder zum Klo rennen und wirklich betrunken wurde er von Bier auch nicht. Zumindest nicht von dem einen. Er bedeutete dem schönen Halbfremden voranzugehen, und folgte ihm ins Wohnzimmer auf die improvisierte Tanzfläche. Auf der Couch hockten sogar schon die ersten knutschenden Pärchen.

Josuha: Die Musik war nicht ganz das, was Josuha sonst bevorzugte, aber der Rhythmus war eingängig und ein paar Sekunden später waren sie mitten unter den anderen tanzenden Gästen. Jetzt fiel ihm auch wieder ein, was ihn damals, bei ihrer ersten Begegnung, auf den Anderen aufmerksam gemacht hatte. Der Kerl hatte einen ziemlich beeindruckenden Hüftschwung.

[Flynn: Uuuh, danke für die Blumen]

[Josuha: ...]

Flynn: So ganz sicher war sich Flynn nicht, wie der Andere reagieren würde, wenn er ihn antanzte, aber wenn er es nicht versuchte, würde er zu nichts kommen, oder? Grinsend tanzte er also um ihn herum und schob sich dann immer näher, bis er dessen Rücken an seiner Brust spüren konnte.

Josuha: Josuha hatte erwartet, dass der Andere die Initiative ergreifen würde und spielte amüsiert, aber auch sehr bereitwillig mit, lehnte sich ihm sogar etwas entgegen. Dass sie von der Seite beobachtet wurden, störte ihn nicht. Er kannte hier niemanden.
Flynn: Flynn schob seinen Kopf über die Schulter seines Tanzpartners. Seine Haare rochen echt verdammt gut.

»Du, sag mal, wie heißt du eigentlich?«, brummte Flynn ihm ins Ohr.

Josuha: »Ist das so wichtig?«, fragte Josuha zurück, drängte sich noch etwas weiter nach hinten und seufzte leise, als sein Hintern gegen den Schritt des Anderen stieß. Noch war er nicht hart, aber das ließ sich zum Glück ja schnell beheben.

Flynn: »Ich bin neugierig.«

Josuha: »Ein sehr eigenwilliger Name ...«

Flynn: Flynn griff grinsend um den Anderen herum und kniff ihn in den Bauch. »Du kleiner Arsch!«

Josuha: »Ich bin tief verletzt.«

Flynn: »Flynn ... Und du?«, wurde er dann ernst und schob sich noch ein bisschen näher, drückte seine Nase gegen den warmen Hals und atmete tief ein.

Josuha: »Josuha.«

Flynn: »Cool ... Josh. Gefällt mir.«

Josuha: »Ach wirklich?«

Flynn: »Jap. Willst du noch was trinken?«, fragte Flynn, öffnete den Mund und kratzte mit den Zähnen sanft über die weiche Haut an seinem Hals.

Josuha: Sofort breitete sich auf seinem ganzen Körper Gänsehaut aus und in seinem Magen begann es verräterisch zu kribbeln. Sein Kopf kippte in den Nacken und er kam aus dem Takt. Das fühlte sich verdammt gut an.

[Josuha: Muss kurz afk, telefonieren.]

[Flynn: Okay]

Flynn: »Hey ... Ob du was trinken willst, hab ich gefragt«, hakte Flynn nach, nachdem er auf seine Frage nur ein leises, tiefes Ausatmen bekommen hatte. Josuha war verdammt heiß. Und immer noch genauso schamlos wie damals im Club. Sie hatten insgesamt nicht mal 15 Minuten gebraucht, bis sie zusammen erst aufs Klo und für die zweite Runde aus dem Club raus und zu ihm nach Hause gegangen waren. Leider war Josuha bereits verschwunden gewesen, als Flynn am nächsten Morgen aufgewacht war. Er hätte gerne noch eine weitere Runde nachgelegt. Lächelnd umfasste er nun Josuhas Becken mit festem Griff und begann ihn zu führen, drückte sich dabei immer wieder von hinten gegen ihn, um ihm zu zeigen, dass er nichts dagegen hätte, die Geschehnisse vom letzten Treffen zu wiederholen.

[Flynn: Hallo?]
[Flynn: Bist du noch da?]

Okay ... Ich warte jetzt seit fast einer Stunde auf einen neuen Post. Das ist verfickt lange! Vor allem wenn man kurz vor ´nem Lemon steht. Schon wieder! Genervt greife ich zu meinem Handy und wähle Hannahs Nummer. Besetzt. Ach komm schon! Gut, dann halt Tim. Aber dem schreibe ich lieber.

›Tiiiim!!!!! T___T‹ Es dauert ein bisschen, dann kommt er online.

›Dachte du bist grade virtuell am Einlochen‹, bohrt er direkt in der Wunde und ich seufze unglücklich.

›Schön wär´s! Der Sack ist seit einer Stunde weg und ich hab keinen Plan, ob und wann er wieder kommt!‹, jammere ich los.

›Aaah und jetzt ist dir langweilig und deshalb meldest du dich xP‹ Er ist so ein Arsch. Allerdings einer, der Recht hat. Zum Glück weiß ich aber, dass er es mir absolut nicht übelnimmt, dass ich ihn gerade als Notnagel benutze. Hätte er keine Lust oder keine Zeit, mit mir zu schreiben, würde er es sagen.

›Gar nicht wahr! Okay ist schon wahr, aber maaaan!‹

›Armes ungevögeltes Ding‹, macht er sich jetzt auch noch über mich lustig. ›Schreib ihm doch, wo er bleibt?‹

›Hab ich! Er antwortet nicht.‹ Und ich wollte ihn jetzt auch nicht zu spammen.

›Das ist mies. Vielleicht ist er eingeschlafen? Oder er hatte doch keinen Bock mehr?‹

›Ich glaubs auch. Oh man, das ist scheiße -.-‹ Ich fühle mich total blöd. Als hätte mein Date mich sitzen gelassen.

›Glaub ich.‹ Gerade will ich weiter jammern, da aktualisiert sich das RPG und ich habe einen neuen Post von Chain. Yeah!

Josuha: »Fragst du mich gerade indirekt ob ich schluckte?«, säuselte Josuha mit rauer Stimme, nachdem er seinen Kopf etwas zur Seite gedreht hatte, damit er Flynn in die Augen sehen konnte. Gleichzeitig schob er sein Becken erneut nach hinten, diesmal so fest, dass er direkt spüren konnte, wie sich etwas in Flynns Hose tat. Sehr gut.

[Josuha: Re. Hat länger gedauert als gedacht, sorry.]

[Flynn: Wb! Dachte schon, du bist eingepennt! XD]

›Er ist wieder da!!!‹, schreibe ich Tim und strahle dabei bis zu meinen Ohren. Mein Herz hat gerade einen richtigen Satz gemacht, als ich den Post gesehen habe. Und, yay, er will offenbar doch noch weiterschreiben.

›Kay, dann noch viel Vergnügen.‹ Zum Glück ist Tim nicht sauer, dass ich ihn direkt wieder abserviere. Bin ich ein scheiß Freund? Ne, oder? Manchmal muss man halt Prioritäten setzen und er weiß ja, wie gerne ich mit Chain schreibe.

›Thx! XD‹, antworte ich ihm noch, dann lege ich mein Handy zur Seite und widme mich wieder ganz meinem Laptop.

[Josuha: Nein, bin da.]

Flynn: »Wow, Mann ... Ich hab hier gleich nen Ständer, wenn du so weiter machst! Und nein, hab ich nicht, ich meinte richtiges Trinken aber nur fürs Protokoll ...« Unbemerkt von immer mehr tanzenden Menschen griff Flynn um Josuha herum und strich fest über seinen Schritt.

»Schluckst du?«

Josuha: Ein Zittern lief durch Josuhas Körper und er krümmte sich kurz nach vorne, bevor er sich wieder nach hinten drückte und sein Becken der frechen Hand entgegen schob.

»Kommt drauf an- hnnn ... ob mir schmeckt, was mir geboten wird, aber generell ...« Josuha drehte sich noch etwas weiter zur Seite, fasste in Flynns Nacken und zog ihn zu sich, schenkte ihm einen intensiven Blick. »Ja, ich schlucke.«

Flynn: »Fuck, Josh«, japste Flynn, packte Josuha um die Hüfte und drehte ihn zu sich, dann trafen auch schon ihre Lippen aufeinander und er spürte, wie er langsam wirklich hart wurde. Sie mussten hier weg. Sonst würde er Josuha direkt hier zwischen all den Leuten vögeln.

Josuha: Voller Inbrunst erwiderte Josuha den Kuss, presste sich von oben bis unten an Flynn und genoss das Gefühl, dass die Beule in dessen Hose größer und größer wurde.
Er unterbrach den Kuss und legte dann seufzend den Kopf in den Nacken, weil Flynn direkt an seinem Hals weiter machte. »Gibt´s hier irgendwo ein Zimmer, in das wir gehen können?«

Flynn: »Jap, komm«, brummte er und wollte gar nicht aufhören den anderen zu küssen. Er roch so verdammt gut! Und weil sich die Gelegenheit so schön ergab, nutzte er sie und biss Josuha kurz aber fest in den Hals, spürte, wie der Andere zuckte und genoss das leise, halb schmerzerfüllte, halb lustvolle Keuchen.

Josuha: »Mistkerl«, zischte Josuha, wusste, dass man morgen davon einen Fleck auf seiner hellen Haut sehen würde, aber es war ihm egal. Ihm zeigte es nur, wie sehr Flynn ihn wollte. Bereitwillig ließ er sich aus dem Wohnzimmer in den Flur und bis zur Treppe ziehen, die sie aber nur sehr langsam hinaufkamen, weil sie sich immer und immer wieder küssten.

Und Flynn küsste verdammt gut.

Flynn: Josuha war der Wahnsinn! Er war so sexy und nachgiebig und eigentlich hatte Flynn wirklich keinen Nerv mehr zu warten, also packte er Josuha im Nacken und drückte ihn nach unten, so dass er auf den Stufen unter ihm kniete - mit dem Gesicht genau auf der Höhe seines Schritts.

Josuha: Für einen Moment konnte er nicht fassen, was Flynn da von ihm wollte, dann beschloss er, dass ihn nicht kümmerte, ob irgendwer sie erwischte. Niemand kannte ihn und er würde keinen von ihnen wiedersehen, also ließ er sich bereitwillig auf die Stufen sinken, griff nach Flynns Hose und öffnete sie, zog sie dann ein Stück nach unten und lächelte zufrieden, als ihm direkt Flynns harter Penis entgegensprang.

Flynn: Schon der Anblick machte ihn fast verrückt und

als er die erste Berührung von Josuhas Zunge an seinem Schwanz spürte, entkam ihm ein erregtes Keuchen. Sein Kopf sank in den Nacken. Mehr ... Seine Finger wanderten wie von selbst in die hellen Strähnen und zogen Josuhas Kopf näher.

[Josuha: Seine Haare sind schwarz, habe ich dir schon mal gesagt]

[Flynn: Maaahh sorry! Kommt nicht mehr vor! XP]

Josuha: Josuha zuckte zurück, als er die drängenden Finger spürte, dann lächelte er gemein und in der nächsten Sekunde nahm er Flynns Schaft komplett in den Mund, schluckte ihn bis runter zur Wurzel.

Flynn: Fast hätte Flynn sein Gleichgewicht verloren. Seine Knie wurden schlagartig zu Pudding, als sein Schwanz einfach mal komplett in Josuhas Mund verschwand. Das hatte er nicht erwartet, aber es war verdammt geil! Vor allem, als Joshuas Lippen nun anfingen sich über ihn zu bewegen.

»Fuck – oh ... oh Gott, ja ...«, keuchte er gepresst, musste sich beherrschen, um nicht der heißen Enge entgegenzustoßen.

Josuha: Josuha genoss die Geräusche, die Flynn von sich gab, und übte mehr Druck aus, umfasste mit einer Hand seine Hoden und spielte mit ihnen, während er ihn weiter lutschte.

Er wollte nicht, dass der Andere kam, aber ein bisschen Spaß durfte Flynn noch haben.

[Flynn: Oh bitte darf er kommen? Auf seinem Gesicht? *___*]

[Josuha: ... Okay]

[Flynn: Yay! <3]

Flynn: Es war so gut! Einfach so verdammt gut! Flynn genoss jede Berührung an seinem Schwanz, bemühte sich auch nicht, leise zu sein. Es konnte sowieso jeder sie sehen, da war es ohnehin egal. Immer fester wurde der Druck um ihn, immer schneller die Bewegung.

Josuha: Es faszinierte ihn, wie hemmungslos Flynn war. Der Griff in seinen Haaren stachelte ihn noch an und so verstärkte er den Druck, bis er merkte, dass Flynn sich vor ihm verkrampfte. Ein Zittern ging durch den angespannten Körper und in letzter Sekunde zog er den Kopf zurück, sah hoch zu ihm und wichste ihn mit einer Hand weiter, bis Flynn kam. Warmes Sperma spritzte auf seine Lippen und Wangen, während er zu ihm nach oben sah, seinen Blick fesselte und ihm ein verruchtes Lächeln schenkte.

[Flynn: Oh fuck ...]

[Josuha: ^^]

Flynn: Keuchend stand er da und erwiderte schwach Josuhas Lächeln, genoss den geilen Anblick, der sich ihm bot. »Scheiße Mann ...«

Josuha: »Danke und gerne.«

Flynn: Flynn lachte und strich sich die Haare aus der Stirn, schluckte dann sehr hart, als er dabei zusah, wie Josuha sich seine Wichse von den Lippen leckte. Fuck, der Kerl war der Wahnsinn!

»Bett?«, schaffte er dann zu fragen und hielt Josuha die Hand hin.

Josuha: Lächelnd ließ Josuha sich auf die Füße ziehen und nickte.

»Ja. Noch mehr Zuschauer brauche ich nicht«, sagte er und deutete mit dem Kinn nach links, wo drei der Partygäste standen und sie unverhohlen anstarrten.

Flynn: »Oh ... eh ... hi ...« Flynn spürte, wie er knallrot anlief, dann wandte er sich um und zog Josuha hinter sich die Treppe hoch.

Josuha: Leise lachend folgte Josuha dem Anderen, bis sie ein fremdes Zimmer betraten, das aussah, als würde es dem Gastgeber gehören. Er löste seine Hand aus Flynns, dann begann er, sein Hemd aufzuknöpfen.

Flynn: Fasziniert beobachtete Flynn Josuha, sah wie gebannt dabei zu, wie dieser sich auszog, und als er schließlich nackt vor ihm stand, war Flynn wieder hart. Fuck, der Kerl sah so verdammt scharf aus!

Schnell riss er sich selbst die Klamotten vom Leib, dann war er auch schon bei Josuha und ihre Lippen trafen sich erneut zu einem gierigen Kuss.

Josuha: Seine Hände schoben sich in Flynns kurze Haare, zogen daran, während er ihn langsam rückwärts in Richtung Bett dirigierte. Eine Sekunde später fielen sie zusammen auf die weiche Matratze und Josuha keuchte erregt, als Flynn ein Bein zwischen seine Schenkel schob und gegen seinen harten Schaft rieb. Er wollte ihn, sofort!

[Flynn: Ist da wer auf Entzug?^^]

[Josuha: Schreib!]

[Flynn: Ja, ja, sorry ...]

Flynn: Flynn genoss die leisen Töne, die Josuha von sich gab, und er würde sehr viel Energie aufbringen, um ihn heute Nacht schreien zu hören. Fest presste er sich gegen den heißen Körper unter sich, drängte sein Becken nach unten und schluckte das erregte Stöhnen, das gegen seine Lippen brandete.

Josuha: Keuchend klammerte sich Josuha an den starken Körper über sich, erwiderte den Kuss aber nur noch halbherzig. Er unterbrach ihn, griff dann mit einer Hand zum Nachttisch auf der Suche nach Kondomen und Gleitgel.

[Flynn: Ach komm, das ist ein RPG. Wozu brauchen die da Kondome?]

[Josuha: Aus Prinzip.]

[Flynn: Maaah, ich wollte in dir kommen.]

[Josuha: In mir. Wie das klingt ...]

[Flynn: xDDD Sorry, du weißt, was ich meine! XD Aber wärst du jetzt hier bei mir, würd ich auch in dir kommen wollen, darauf kannst du wetten! Weil ich weiß, dass du eigentlich drauf stehst, mein kleines Schweinchen]

[Flynn: Hallo?]
[Flynn: Bist du jetzt beleidigt?]
[Flynn: Ach komm schon, das war doch nur Spaß! Ich hör auf, okay?]

***

Gerade sitze ich in der Mensa und stopfe Nudeln mit geschmackloser Soße in mich rein, während ich nach wie vor sauer vor mich hinstarre. Chain kam gestern nicht wieder. Gott, war ich angefressen! Nicht mal wichsen hat es besser gemacht, als ich später im Bett lag, nachdem mir klargeworden ist, dass Josuha weg war und auch nicht wiederkommen würde. Dieser blöde Drecksack! Warum kann der nicht einfach mal entspannt bleiben und muss immer alles so bierernst nehmen? Verschlafen habe ich auch noch und konnte so heute Morgen bei Tim nur über WhatsApp meckern, was nicht halb so befriedigend ist wie live.

»Hi!«, kommt es jetzt von rechts. Ich hebe einfach eine Hand zum Gruß und brumme mit vollem Mund. »Na, alles gut?«, fragt Hannah, bevor sie sich mit ihrem Tablett mir gegenüber an den Tisch setzt.

»Hmmm«, knurre ich, lasse den Kopf noch etwas tiefer hängen und kratze mich im Nacken. Gott, ich bin so genervt!

»Klingt sehr danach, jap. Was ist passiert? Schon wieder Chain?« Sie nimmt einen Schluck von ihrer Orangenlimo, dann greift sie nach meiner Hand und drückt sie mitfühlend. Ich schlucke, dann sehe ich sie offen an.

»Er ist so ein Arsch! Nach allem, was wir schon geschrieben haben, wie kann man da so verschissen verklemmt sein«, meckere ich, fuchtle dabei aufgebracht mit meiner Hand in der Luft herum und werfe dabei meine Gabel fast weg.

»Was hat er denn jetzt wieder gemacht?«, will sie wissen und mustert mich neugierig.

»Warte, ich hab´s fotografiert!« Ich hole mein Handy aus der Hosentasche, öffne meine Galerie und zeige ihr den letzten Teil des RPGs.

»Ernsthaft? Mitten im Lemon? Wegen sowas?« Gut, dass sie meine Meinung teilt.

»Voll lächerlich, oder? Der Typ schreibt so verfickt versaut, und wenn ich dann auch mal was Schweinisches schreibe, dann haut er ab, der Blödmann!«

»Das ist mehr als lächerlich«, sagt sie und schüttelt verständnislos den Kopf.

»Ich weiß ja, dass er nichts zu Privates schreiben will, aber da war ja nun wirklich nichts dabei«. Ich verstehe einfach nicht, was daran so schlimm gewesen sein soll, dass er direkt offline geht.

»Ja, das ist schon echt übertrieben«, stimmt Hannah mir zu und das beruhigt mich zumindest ein bisschen.

»O Mann. Und, was hast du gestern noch gemacht«, frage ich schließlich seufzend. Ich könnte ewig weiter rumjammern, aber im Endeffekt habe ich ja nichts davon. Fast sofort breitet sich ein sehr breites und zufriedenes, vor allem aber verdammt eindeutiges Grinsen über ihrem Gesicht aus und ich muss mir auf die Zunge beißen, um nicht irgendetwas Dummes zu sagen, wofür sie mir definitiv einen gehässigen Spruch reindrücken würde.

»Echt jetzt? Dein verdammter Ernst?«, maule ich und werfe meine Gabel frustriert in die Nudeln, während Hannah immer noch grinsend mit den Schultern zuckt.

»War ziemlich spontan. Ich war schon im Bett, da kam eine Nachricht und fünf Minuten später war er da und dann ... ja ... War nett. Ziemlich nett sogar.«

»Warum, zur verdammten Hölle, hat hier jeder Sex außer mir! Ich krieg noch nicht mal virtuellen, das ist unfair!«, meckere ich vielleicht ein bisschen zu laut, denn plötzlich habe ich eine Hand auf meiner Schulter liegen und als ich mich erschrocken umdrehe, sehe ich das lächelnde Gesicht eines Typen, den ich nicht kenne.

»Ich habe auch keinen Sex, falls dich das beruhigt. Aber wir könnten …«

»Nope, könnten wir definitiv nicht. Hau ab, das ist privat«, fahre ich ihn genervt an. Was mischt der sich in unser Gespräch ein?

»Dann solltest du nicht so laut sprechen, dass man den Eindruck bekommt, dass …«

»Ich verpass dir gleich nen Eindruck in deinem Gesicht! Ich habe gerade schon gesagt, dass das privat ist.« Was stimmt nicht mit dem Kerl?

»Verzeiht die Störung«, gibt er jetzt zum Glück doch nach und geht weiter. Als ich mich wieder zu Hannah drehe, stelle ich fest, dass sie feuerrot ist im Gesicht.

»Öh ... alles okay?«, frage ich und beuge mich ein wenig zu ihr.

»Ja, schon, auch wenn das gerade peinlich ohne Ende war. Lass den Spinner doch und außerdem hatte er gar nicht mal unrecht, du warst gerade echt laut. Von wegen privat«, zieht sie mich auf und winkt ab, als ich mich natürlich verteidigen will. »Nein, lass stecken. Ich muss dir noch was erzählen. Ich hab ... eh, also …« Stotternd bricht sie ab und sieht verschämt auf den Tisch, wird sogar noch ein bisschen roter.

»Was hast du?«

»Ich hab ...« Jetzt beugt sie sich mir entgegen, packt meinen Kopf und dreht mein Ohr zu sich, bevor sie reinflüstert: »Ich hab mir beim Sex vorgestellt, dass er Josuha ist!«

***

Eine halbe Stunde später sitze ich in meinem nächsten Kurs und lache immer noch über Hannah. Das ist aber echt zu witzig. Ich weiß ja, dass sie beide Jungs ein bisschen fangirlt und ich wäre irritiert, würde sie beim Sex an Flynn denken, denn sie müsste dabei ja unweigerlich mich im Kopf haben. Aber dass sie Sex mit Josuha will ...

Das ist leider echt herrlich, denn der Junge ist so stockschwul und braucht es selbst so dringend in den Arsch, sie könnte voll vergessen, dass da jemals was laufen würde, so lange ihr kein Penis wächst.

Aber ja, die Vorstellung von ihm ... Ich hab ja auch selbst schon oft genug drüber nachgedacht, aber woher weiß ich denn, ob Josuha im Real Life auch nur ansatzweise so aussieht wie im RPG? Am Ende ist er ein fetter, hässlicher Sack, und auch wenn ich echt gegen niemanden Vorurteile habe, meinen Geschmack würde das definitiv nicht treffen. Hannah soll froh sein, dass sie diesen Bastard Leon hat. Zu ihr wird er ja wohl nett sein. Gut sieht er auch aus, Geld hat er, soweit ich weiß, und vögeln kann er auch. Was will man mehr?

Es dauert gefühlt eine Ewigkeit, bis endlich mein letzter Kurs vorbei ist. Meine Konzentration ist im Arsch, war heute quasi gar nicht vorhanden und ich bin weiterhin genervt von gestern. Ich hoffe nur, der Blödmann kriegt sich wieder ein.

›Ich brauch noch etwas, muss mit dem Dozenten was wegen meiner Hausarbeit klären‹, bekomme ich dann eine Nachricht von Tim, mit dem ich eigentlich direkt nach der Uni ins Fitnessstudio gehen wollte.

›Okay‹, schreibe ich zurück, dann überlege ich kurz, was ich so lange machen soll.

Draußen gießt es wie aus Eimern und die Mensa ist zu. Bleibt eigentlich nur die Bibliothek. Kurz darauf betrete ich den großen Raum, in dem ziemlich viele Studenten hocken. Langsam schlendere ich zu den Bücherregalen, weiß nicht mal was ich hier wirklich will, weil ich heute gar nicht auf büffeln eingestellt war, und laufe planlos Reihe um Reihe ab. Ich lese hier und da einen Buchrücken und -

Unvermittelt bekomme ich etwas ziemlich Spitzes in den Brustkorb gerammt.

»Kannst du nicht aufpassen!«, werde ich angemeckert. Er tut mir weh und keift dann mich an?

»Pass doch selber auf, Idiot!«, maule ich genau so patzig zurück.

»Worauf denn? Ich stand hier!«

»Ja, und ich gehe hier!«, beharre ich und starre finster in seine dunklen Augen. Wenn Blicke töten könnten, wäre ich jetzt fünfmal tot. Mir ist klar, dass Hannah es nicht gut finden würde, dass ihr Freund und ich uns schon wieder anzicken - kommt so einmal die Woche vor -, aber er bettelt doch förmlich darum.

»Das mit den guten Manieren hast du echt noch nicht verstanden, kann das sein? Du bist in mich reingelaufen, also entschuldige dich wenigstens!«, keift Leon mich weiter an.

»Wenn du mitten im Gang stehst, ist das nicht mein

Fehler.« Nicht minder genervt streicht er sich durch die Haare und seufzt.

»Ich habe ehrlich keine Ahnung, wie Hannah dich erträgt«, knurrt er, dann wendet er sich ab, greift nach einem Buch und mich trifft es wie ein Blitz, als ich den Titel auf dem Buchrücken lese.

›*Macbeth*‹

Natürlich ist das ein Zufall, aber mir wird schlagartig warm und mein Schritt kribbelt, als ich an ein RPG denken muss, das ich mit Chain geschrieben habe. Es war ein längeres RPG mit Uni und allem und die Jungs hatten Sex in der Bibliothek.

Natürlich habe ich mir diese hier vorgestellt, weil ich sie einfach gut kenne. Das macht es jetzt nur noch echter und dann dieses Buch ... Josuha hat es gelesen, bevor Flynn ihm im hinteren Bereich der Bibliothek das Hirn rausgevögelt hat. Es war so verdammt geil. Hin und wieder suche ich mir die Stelle zum Wichsen raus, weil dieser Lemon einfach echt so unfassbar genial war.

»Ist noch was«, werde ich ziemlich unsanft aus meinen Fantasien gerissen und muss ein paarmal blinzeln, bis ich realisiere, dass ich vor Leon stehe und nicht gerade Flynn und Josuha beim Sex beobachte.

»Was soll sein«, brumme ich, räuspere mich und muss mich dann beherrschen, mir nicht in den Schritt zu fassen, weil mein Schwanz grade auf bestem Weg ist hart und bereit für Bibliothekssex zu werden. Aber doch nicht mit diesem Volltrottel, ey! Mag sein, dass Hannah sich ihn als Joshua vorstellen kann, aber wenn man mich fragt, haben die absolut nichts gemeinsam. Er mustert mich noch einen Moment, dann dreht er sich um und geht. Mit dem Buch. Vielleicht sollte ich das auch irgendwann mal lesen.

***

Eine Stunde später ist Tim dann auch endlich mal da und wir verlassen zusammen das Unigelände.

Zum Glück hat es inzwischen auch aufgehört zu regnen.

»Warum suchst du dir nicht einfach einen neuen RPG-Partner?« Ich werfe ihm einen ziemlich unwilligen Blick zu.

»Bist du blöd? Warum sollte ich?« Was für eine dämliche Frage.

»Weil er dich ständig hängen lässt?« Okay, der Punkt geht an ihn.

»Das macht er ja nur momentan.« Das ist immerhin nur halb gelogen. Er hatte sowas früher auch schon, aber nicht so extrem.

»Wie lange schreibt ihr jetzt eigentlich schon?«, will er wissen und tritt gegen einen kleinen Stein auf dem Asphalt, kickt ihn auf die Straße, bevor er wieder zu mir sieht.

»Öh, etwa eineinhalb Jahre, glaube ich.« So ganz sicher bin ich mir nicht, aber das müsste hinkommen.

»Das ist echt lang. Und ihr schreibt echt nie privat? Nicht mal irgendwie versucht Nummern zu tauschen, oder so?«, fragt er neugierig.

»Nope, gar nichts. Jetzt schreiben wir wenigstens im

RPG hin und wieder ein bisschen privaten Kram, aber nie viel. Er will das halt nicht, was soll ich machen.«

»Hm ... ist schon blöd ...«, brummt er mitfühlend.

»Er wird seine Gründe haben. Mich stört grade mehr, dass er sich momentan so anstellt und ständig abhaut.«

»Versteh ich. Na ja, am Wochenende ist meine Party, vielleicht gibt's da dann endlich mal wieder normalen Sex für dich.« Sein Grinsen ist breit und anzüglich.

»Das wäre verdammt wünschenswert!« Und meines nicht weniger.

***

Ein paar Tage später ist es endlich soweit. Die wirklich lang ersehnte Party ist da und auch wenn weit noch nicht alle Gäste hier sind, habe ich schon den einen oder anderen Kerl gesehen, den ich definitiv nicht von der Bettkante stoßen würde. Ich helfe Tim noch ein bisschen mit den Getränken und dem Knabberkram, dann hole ich mir erst mal ein Bier aus der Küche. Hach, was würde ich drum geben, würde der Abend so wie letztens im RPG verlaufen. Im Idealfall mit Josuha, aber mir ist auch klar, dass das Wunschdenken ist. Der Typ wohnt wahrscheinlich am anderen Ende des Landes oder so.

Ach, aber ich würde auch jemand anderen nehmen. Muss ja keiner wissen, woran ich dabei denke.

»Hey, Mike!« Lächelnd drehe ich mich um.

»Hey, Hannah! Ich wusste gar nicht, dass du auch - Leon ...« Uuuund weg ist die Freude.

»Mike.« Wir nicken uns distanziert zu und ich schaffe

es grade so, nicht genervt die Augen zu verdrehen. Der hat mir grade noch gefehlt!

»Ja, das war ziemlich spontan! Eigentlich wollte ich heute zu Hause bleiben, dann hat Sarah geschrieben, und als ich grade los wollte, hat Leon geschrieben, und ja ... Hier sind wir«, erklärt sie und ich nicke einfach.

»Super.« Ich schaffe immerhin ein halbwegs ehrliches Lächeln. Leon sieht mal wieder so aus, als wäre er am liebsten überall, nur nicht hier. Ach Gott, muss der kleine Griesgram heute Spaß haben, wie furchtbar.

»Jap, finde ich auch! Tanzen wir nachher?«, fragt sie strahlend, lässt sich absolut nicht anmerken, ob es sie stört, dass mein Gesicht sich selbstständig gemacht hat, als ich Leon gesehen habe.

»Klar, gerne! Jetzt muss ich aber erst mal - wow ...« Während meines Satzes habe ich mich halb umgedreht und bin dann mitten in der Bewegung erstarrt. Das ist doch ein Scherz. Das kann nur ein Scherz sein, weil an Zufälle glaube ich eigentlich nicht. Aber dennoch steht er da, in der Küchentür, und ich kann das gerade gar nicht richtig fassen.

»Hi«, grüßt er mich, legt dabei den Kopf zur Seite, so dass ihm zwei seiner locker nach hinten gekämmten blonden Strähnen in die Stirn fallen, und zwinkert mir zu.

»Eh ...« Mehr kriege ich gerade nicht raus.

»Ist das jetzt positiv, dass meine Anwesenheit dich sprachlos macht?«, fragt er amüsiert und tritt einen Schritt auf mich zu.

»Könnte man so sagen«, hauche ich. Fuck, wie im RPG! Das kann doch nicht sein! »Was machst du hier?«

»Feiern? Bin einfach mitgeschleppt worden, weil ich nichts besseres zu tun hatte. Ich kenne zwar niemanden, aber jetzt muss ich sagen, bin ich nicht traurig, dass wir hier gelandet sind.« Das ist nicht möglich. Das ist einfach echt nicht möglich.

»Cool! Echt jetzt! Uhm ... Willst du was trinken?«, frage ich ihn, nachdem ich mein Sprachzentrum wieder erfolgreich aktiviert habe.

»Ja gern. Irgendwas mit Wodka und süß bitte.«

»Kommt sofort.« Als ich mich zum Kühlschrank drehe, erkenne ich Hannah aus den Augenwinkeln, die sich bemüht, nicht zu grinsen. Natürlich habe ich ihr diesen Part vom RPG auch geschickt und auch wenn sie nicht weiß, dass der Kerl mit den blonden Haaren da im Türrahmen dasselbe für mich ist, wie Josuha für Flynn in dem Play, nämlich ein One-Night-Stand, hat sie wohl dennoch die Ähnlichkeit der Situation bemerkt.

Sie zappelt ein bisschen, sieht immer wieder zu mir, dann zu dem Neuankömmling, während ihr Freund ne lange Fresse zieht und einfach danebensteht. Ich mixe meiner Bekanntschaft, von der ich witzigerweise tatsächlich auch den Namen nicht kenne, einen Drink, dann geh ich zu ihm rüber und wir stoßen an.

»Das ist echt ein ziemlich netter Zufall«, brummt er, nachdem er einen Schluck genommen und anerkennend genickt hat.

»Das ist es allerdings. Und sag mal ... das ist voll komisch gerade, aber sollten wir nicht mal ... also ...«, fange ich an, deute zwischen uns hin und her und sein wissendes Lächeln sagt mir, dass er direkt versteht, was ich meine.

»Nicklas. Aber nenn mich Nick, ist mir lieber. Höchst angenehm«, lacht er und hält mir die Hand hin.

»Mike. Ebenfalls. Hast du Lust zu tanzen?«, frage ich, während sich aufgeregte Gänsehaut über meinem Körper ausbreitet. Das ist so krass. Ich lebe hier meine persönliche Phantasie.

»Klar, lass mich nur austrinken.« Er setzt den kleinen Plastikbecher an und ext ihn weg. Wie Josuha. Fuck, das wird immer verrückter! Ich nippe nochmal an meinem Bier, stelle es dann aber weg. Ich brauche die Hände frei.

»Viel Spaß~«, quietscht Hannah uns hinterher und ich kann ein leises, ein bisschen irre klingendes Kichern nicht ganz unterdrücken. Das ist so krank.

»Alles okay?«, fragt Nick und ich winke lachend ab. Ich glaube, mein Gesicht tut komische Dinge.

»Klar, alles super. Kennst du Tim eigentlich?«

»Wer ist Tim?« Ich sterbe. Das ist einfach echt unfassbar!

»Der Gastgeber«, kriege ich raus, hätte mich jetzt fast noch an meiner eigenen Spucke verschluckt.

»Nö, wie gesagt, ich hatte keine Ahnung, wo es hingeht.« Mein Magen ey … Der macht hier echt komische Sachen. Klar, es ist nicht eins zu eins wie im Play, aber oh Gott, diese Parallelen. Das ist nicht mehr lustig.

»Kein Ding. Ich stell dich nachher vor«, sage ich und schiebe ihn dann Richtung improvisierter Tanzfläche, wo schon ein paar Mädels und immerhin zwei Typen die Hüften schwingen. Ich halte Blickkontakt zu Nick, als ich anfange mich zu bewegen, und versuche, das knutschende Pärchen links von uns auszublenden. Ich muss aufhören, an das RPG zu denken. Das ist doch nicht mehr normal.

Auch Nick fängt an zu tanzen, sieht mich dabei aber mit so einem verruchten Blick an, dass es sich eher nach Vorspiel anfühlt. Fuck, ich hab heute noch Sex! Ganz sicher! Grinsend schiebe ich mich näher, stelle mich hinter ihn und lege meine Hände an seine Seiten. Ich dränge ihm meinen Rhythmus auf, was verdammt gut funktioniert, denn schon hab ich seinen Arsch an meinem Schritt, der sich ziemlich eindeutig gegen mich bewegt. Gott, ich muss nachher aufpassen, dass ich ihn nicht versehentlich Josuha nenne. Aber das hier wird immer gruseliger und geiler.

»Du tanzt echt gut«, raunt er neben meinem Ohr, nachdem er seinen Kopf nach hinten hat kippen lassen, um ihn auf meiner Schulter abzulegen.

»Danke, du auch. Immer noch«, entgegne ich, schiebe ihm mein Becken ein bisschen entgegen und keuche erstickt auf, als er sich mir unvermittelt fester entgegen presst, die Reibung so noch erhöht. Ich werde hart.

»Oooh, da wird jemand munter«, zieht er mich direkt auf, geht aber nicht auf Abstand. Im Gegenteil. Jetzt fängt er an seine Hüfte in kreisenden Bewegungen gegen mich zu bewegen und lässt mich damit leise aufstöhnen. Ich bekomme heute sowas von Sex!

»Willst du ... Willst du noch was trinken?«, frage ich, auch wenn ich weiß, dass es verrückt ist und seine Antwort auch gar nicht -

»Nein, danke. Ich hätte gerne etwas anderes.« Okay, das wäre jetzt auch zu krass gewesen, hätte er hier wie Josh geantwortet, aber dennoch durchzuckt mich ein kurzer Stich der Enttäuschung. Ich muss mich wieder einkriegen. Ich darf da nicht ständig dran denken! Nick ist nicht Josuha! »Mike ...?«

»Hm? Sorry! Was anderes klingt gut«, gebe ich etwas verspätet zurück, packe ihn dann einfach fester, drehe ihn zu mir und küsse ihn. Meine Knie werden weich, während Nick sich an mich presst, den Kuss hungrig erwidert. So gut! Auf jede verdammte Art fühlt sich das so verfickt gut an! »Sollen wir ... wo anders hingehen?«, bringe ich zwischen zwei Küssen raus und keuche, als Nick mich in die Unterlippe beißt.

»Können wir. Gibt´s hier ein Zimmer, in das wir gehen können?« Ich nicke, packe sein Kinn und dränge seinen Kopf in den Nacken, damit ich an seinen Hals komme. Ich liebe Knutschflecken. Und er wird mit mindestens einem heute nach Hause gehen. »Hnnn, Mike- ahh!«

Sein jetzt eindeutig erregtes Keuchen macht mich nur schärfer und so reiße ich mich mit einiger Mühe von ihm los. Zufrieden grinsend begutachte ich den kleinen, dunkelroten Fleck.

»Okay, dann komm«, raune ich ihm ins Ohr, packe seine Hand und ziehe ihn hinter mir her aus dem Wohnzimmer in den Flur. Natürlich habe ich mir beim RPG auch genau diesen Flur samt Treppenhaus vorgestellt. Dementsprechend gehen meine Gedanken erneut Richtung Josuha. Wir sind gerade vier Stufen weit gekommen, bevor Nick mich fast anfällt. Oh Gott, oh Gott, oh Gott! Sein Rücken knallt rechts gegen die Wand und ich presse mich gegen ihn, reibe meinen Schritt heftig an seinem. Fuck, ich bin so geil! Meine Finger wandern unter sein Hemd, dann hinten in seine Hose und zu seinem Hintern. Er stöhnt leise in den Kuss. Ich drücke zu, und er krallt sich an meinen Schultern fest.

»Fuck, Mike!« Erneut finden meine Lippen seinen Hals. Diesmal beiße ich zu und genieße die süßen erregten Laute, die ich dafür bekomme. Josuha ist - Fuck nein, Nick! Josh ist nicht hier! Ich schüttle heftig den Kopf, um diese dämlichen Bilder aus meinen Gedanken zu kriegen.

»Alles okay?«, fragt Nick verwirrt.

»Ja, klar, sorry.«

»Dein Kopf hat gefälligst hier zu sein«, haucht er, dann schiebt er mich ein bisschen weg und lässt sich vor mir auf die Knie sinken. Fuck, das ist nicht sein verdammter Ernst! Dann habe ich schon seine Finger an meinem Schritt, zucke aber nach hinten weg. Das geht nicht. Hier kennt mich beinahe jeder! Und das hier ist kein RPG, sondern Realität.

»Ach komm, nicht so schüchtern«, haucht er, rückt nach, bis ich mit dem Rücken gegen den Handlauf der Treppe stoße.

»Lass uns hochgehen«, schlage ich etwas atemlos vor, sehe mich um, aber gerade ist außer uns niemand hier. Ob wir- nein! Nein, das kann ich nicht bringen, das ist bescheuert. Der Gang neben der Treppe führt zum Gästeklo, da kann jede Sekunde jemand kommen.

»Ach, komm schon!« Er gibt nicht nach, fängt eine

meiner Hände ein, die ihn leider nur ziemlich halbherzig abwehren, dann öffnet er mit der anderen meine Hose. Fuck, das geht doch nicht! »Na also«, brummt er jetzt zufrieden, legt meine Hand auf seinen Kopf und nimmt dann meinen Schwanz direkt in den Mund.

Das passiert nicht. Das passiert doch gerade nicht. Und dennoch kann und will ich mich nicht wirklich wehren, denn seine Lippen fühlen sich unglaublich gut an und ich stöhne erregt auf, als ich mir vorstellen muss, wie es aussehen würde, wenn ich auf seinem Gesicht abspritzen würde. Leider kommt es nicht dazu, allerdings werde ich mich nicht beschweren, denn es dauert nicht sehr lange und ich komme tief in seinem Hals, nachdem er auch noch mit einer Hand an meinem Schwanz nachgeholfen hat. »Das ging fix ...«

»Der nächste dauert länger, versprochen!«, japse ich, schäme mich ein bisschen, habe aber nicht viel Zeit dafür, denn während ich noch meinen Schwanz einpacke, schaut Nick an mir vorbei und sagt:

»Hi.« Ich zucke so heftig zusammen und treppaufwärts, dass es mir fast meine etwas wackeligen Beine wegzieht. Da steht Leon. Da, am Fuß der Treppe.

»Scheiße Mann, verpiss dich! Erschreck mich nicht so!« Gott ist das peinlich! Was hat er alles gesehen? Warum, zur Hölle, hab ich ihn nicht bemerkt? Scheiße. Ohne etwas zu erwidern, wendet er sich ab und geht weiter zur Toilette. Mist, ey, warum er? Warum nicht jemand, der mich nicht kennt? Oder zumindest Hannah? Ach fuck!

»Wow, entspann dich, ist doch halb so wild.«

Verwirrt sehe ich zu Nick, der sich jetzt wieder in mein Blickfeld schiebt, seine Hände dabei über meine Brust gleiten lässt. »Komm, gehen wir hoch ...«

»Okay ...« Mehr kriege ich gerade nicht raus. Verdammt, warum musste das jetzt passieren?

***

Am nächsten Morgen werde ich davon wach, dass mir a] die Sonne voll in die Fresse knallt und mir b] unerträglich warm ist. Träge versuche ich mich, aus der Sonne zu rollen, was aber nicht klappt, weil da noch jemand liegt. Ich bin verwirrt. Warum bin ich nicht allein in meinem - oh! Meine Augen stellen sich ein bisschen an bis ich sie wirklich aufkriege, dann erkenne ich den blonden Wuschelkopf neben mir auf dem Kissen. Stimmt ja, ich hatte gestern noch Sex. Verdammt guten Sex – und das nicht nur einmal. Nachdem ich von Nick den Blowjob auf der Treppe bekommen habe - und weil Leon uns gesehen hat, ist mir das direkt nochmal peinlich ohne Ende -, sind wir rauf ins Gästezimmer und haben gevögelt. Es war echt gut. Nick ist so verdammt scharf! Anschließend sind wir wieder runter zu den anderen, haben uns ein bisschen verarschen lassen, weil doch einige ihre Schlüsse gezogen haben aus unserem Vorspiel auf der Tanzfläche und unserem anschließenden zweistündigen Verschwinden. Hat mich jetzt nicht wirklich gestört, muss ich sagen. Nur die Blicke von Leon waren unangenehm. Die hätte er sich einfach verkneifen können. Es geht ihn nichts an, was ich tue oder lasse. Wir haben nicht direkt auf der Tanzfläche gevögelt und außer ihm hat das auf der Treppe niemand mitbekommen. Ach was rege ich mich auf, er ist einfach ein blöder Arsch. Aber zum Glück nicht mein Problem.

»Hmmm ... Morgen«, werde ich von der Seite angebrummt, dann habe ich Hände auf mir. Oh, und Lippen. Das ist nett.

»Morgen«, brumme ich, kuschle mich etwas bequemer ins Kissen und mache die Augen zu, während ich meine Hand in den warmen Nacken neben mir schiebe. »Gut geschlafen?«

»Oh ja! Ich schlafe immer gut, wenn ich geilen Sex hatte.« Tatsächlich haben wir´s, als wir gegen fünf ins Bett gefallen sind, direkt nochmal gemacht. Sagte ich schon, dass Nick verdammt scharf ist?

»Hm, da ist was dran ...« Seine Lippen streichen über meine Brust und ich zucke, als er mich nicht ganz so sanft in den linken Nippel beißt. Er wird doch nicht -

»Ich hab Hunger.« Er beißt fester zu, und als ich schon fragen will, worauf genau er denn Hunger hat, knurrt sein Magen so laut, dass ich direkt anfangen muss zu lachen.

»Haha, okay! Dann stehen wir auf?« Ich bin echt froh, dass ich keinen Kater habe. Ich habe noch drei oder vier Bier getrunken, und ab ein oder zwei Uhr gar nichts mehr. Das kommt mir jetzt natürlich sehr entgegen.

»Nein ...«, mault er und rollt sich auf mich, bis er mit dem Rücken auf meiner Brust liegt und ich seinen

Hinterkopf im Gesicht habe, der mir ziemlich unangenehm auf meine Nase drückt. So ein Arsch ... »Aufstehen ist blöd. Bringst du mir was?«

»Nope, seh ich gar nicht ein, los«, antworte ich, dann drehe ich mich mit Schwung zur Seite und werfe ihn von mir runter. Und damit aus dem Bett.

»Boah, du bist gemein«, grollt er dunkel, bleibt aber liegen. So ein Depp.

»Gerne wieder. Essen?«

»Hmmm.« Tatsächlich lässt er sich von mir hochziehen. Gähnend und nur in Boxershorts schlurfen wir runter ins Erdgeschoss und weiter in die Küche. Ein Blick ins Wohnzimmer sagt uns, dass wir nicht die einzigen Übernachtungsgäste sind. Da liegen noch zwei Luftmatratzen auf dem Boden, worauf vier Leute schlafen. Zwei kenne ich aus der Uni, die anderen Beiden habe ich zwar gestern gesehen, mich aber nicht mit ihnen unterhalten. Die große Couch ist ebenfalls umgeklappt, aber da liegt keiner mehr, nur noch zwei dünne Wohnzimmerdecken. Es riecht ein bisschen streng nach abgestandenem Alkohol und Schweiß, aber das Chaos hält sich erstaunlicherweise in Grenzen.

»Weiter?«, fragt Nick, lässt seine Finger zwischen meine gleiten und zieht mich zur Küche. Ich habe jetzt auch ziemlichen Hunger, also folge ich ihm willig, dem Kaffeeduft entgegen.

»Hey Hannah, guten Morgen.« Ich freue mich genau zwei Sekunden darüber, dass sie erstens da ist und zweitens gerade Rührei brät, dann fällt mir ein, dass ihr dämlicher Freund dann ja auch noch da ist. Und genau der sitzt am großen Küchentisch. Schon wieder sieht er mich so herablassend an, als wäre ich es nicht wert, mit ihm dieselbe Luft zu atmen.

»Guten Morgen, ihr Zwei! Gut geschlafen? Wollt ihr auch Eier? Brötchen sind da hinten, Aufstrich und Wurst und so auch«, werden wir strahlend von Hannah begrüßt und sofort ist mein kurzes Stimmungstief wieder verflogen.

»Du bist ein Engel.« Lächelnd gehe ich zu ihr, schlinge von hinten meine Arme um sie und drücke meine Nase an ihren Hals. Sie war sogar schon duschen. Ist ja widerlich, wie fit das Mädel ist. »Ich will Spiegelei, bitte. Zwei Stück?« Hinter mir höre ich ein Räuspern, das nach eifersüchtigem Freund klingt. Prompt dreht Hannah sich zur Seite weg und wirft Leon eine Kusshand zu.

»Ist gleich fertig, Baby!«

Baby. Sagen das nicht Typen zu ihren Frauen? Gut, Hannah hat sowieso mehr Eier in der Hose als die meisten Kerle. Wahrscheinlich macht sie´s wie die Alte von Deadpool und nagelt Leon jedes Jahr zum Weltfrauentag. Wobei, wahrscheinlich nicht nur dann. Sofort muss ich grinsen, und wende mich dann wieder Nick zu, der die Schränke wahrscheinlich nach Kaffeebechern absucht.

»Ganz links oben«, helfe ich ihm, gehe schon mal zur Kaffeemaschine und bereite alles vor.

»Woah, warum seid ihr schon wach?« Alle drehen sich zu Tim um, der mit diesem Satz zu uns in die Küche stirbt. Er sieht tot aus. So richtig tot.

»Willst du Kaffee? Oder Saft? Oder nen Eimer?«,

biete ich freundlich an, gehe zu ihm und helfe ihm zu einem Stuhl. »Alter, du stinkst …«

»Wenn ich jetzt dusche, ertrinke ich wahrscheinlich dabei und das will niemand«, hält er stöhnend dagegen, sinkt in sich zusammen und legt vorsichtig seinen Kopf auf die Tischplatte.

»Warum bist du schon aufgestanden?«, will ich wissen. Meine Güte, er ist echt fertig mit der Welt.

»Weil mein Kopf mich tötet …«

»Ach Gott, du Armer!« So ganz kann ich mir das Lachen ja nicht verkneifen, aber immerhin bin ich ein guter bester Freund und gehe ins Bad, um ihm Schmerztabletten zu holen. Noch ein Vorteil, wenn man genau weiß, wo alles ist. Zurück in der Küche schiebt Nick mir einen Becher Kaffee zu.

»Danke«, sage ich, hole Tim ein Glas, fülle Wasser rein und stelle Glas und Tabletten vor ihm auf den Tisch.

»So, hinsetzen, Eier sind fertig!«

»Mah, Hannah, ich liebe dich, echt jetzt!« Ich schenke ihr mein strahlendstes Lächeln. Das genervte Schnauben von schräg gegenüber ignoriere ich gekonnt. Hannah weiß, wie ich das meine und auch dass ich sexuell kein Interesse an ihr habe. Zumindest nicht, seit ich vor fünf Jahren, nachdem wir´s miteinander versucht haben, sicher weiß, dass ich an Frauen kein Interesse habe. Ja, ich dachte, vielleicht ist das nur ne Phase und ich mochte Hannah schon immer und finde sie als Frau auch attraktiv, aber halt nicht körperlich anziehend. Und als ich bei dem einen Mal, als wir versucht haben miteinander zu schlafen, ums Verrecken nicht richtig hart geworden bin (Also wenn ich an mir rumgespielt hab, kam er, aber sobald es ans Einlochen ging, war nur noch Wackelpudding übrig und das war schon dezent peinlich), hab ich eingesehen, dass mein Schwanz kein Interesse an Vaginas hat. Finde ich nicht tragisch, absolut nicht. Es macht vieles leichter, aber leider auch vieles komplizierter. Egal, ich bin wie ich bin und ich bin voll zufrieden damit. Vor allem, weil sowohl meine Familie als auch meine Freunde damit so genial umgehen. Na jedenfalls kann Leon sich sein Platzhirschgehabe selbst in den Arsch schieben, da ist er bei mir vollkommen falsch.

»Lass es dir schmecken«, säuselt Hannah mir ins Ohr, als sie mir die Eier hinstellt, zusammen mit Besteck und einem Brötchen. Nick sitzt links von mir und legt auf sein Nutellabrötchen gerade eine Scheibe Käse. Sieht spannend aus.

»Schau nicht so, das ist voll lecker!«, behauptet er, dann hält er mir sein Brötchen hin.

»Na, ich weiß nicht. Ich hab hier geile Eier, ich bin -«

»Oh, du hast definitiv geile Eier, aber das hier lohnt sich trotzdem«, säuselt er, während er mir das Brötchen schon an die Lippen hält. Ein weiteres sehr tiefes und sehr genervtes Seufzen von Leon bringt mich schließlich dazu, doch abzubeißen. Möglichst langsam und so sexy wie ich kann und -

»Feife, daff fmeckt efft geil!«

***

Ich komme erst gegen acht Uhr abends nach Hause. Ich war noch mit Tim, Nick und den zwei Leuten aus der Uni, nachdem die es auch mal von ihrer Matratze runter geschafft hatten, im Park am See. Wir haben gechillt, Eis gegessen und Nachmittag sogar noch gegrillt. Es war einfach ein richtig geiler Tag, auch wenn Tim erst gegen vier Uhr wieder so aussah, als würde er nicht bei der nächsten Gelegenheit in einen Busch kotzen. Er hat sich echt so richtig abgeschossen. Nick und ich ... Es ist fast unheimlich, wie gut wir harmonieren. Und das, obwohl wir uns kaum kennen. Bis gestern wusste ich über ihn nur, dass er geil im Bett ist. Erst seit heute weiß ich noch ne ganze Menge mehr und erst, als ich mein Zimmer betrete und mein Blick auf meinen Laptop fällt, geht mir auf, dass ich seit gestern nicht ein einziges Mal an Chain und das RPG gedacht habe. Ich bin nicht ganz sicher, was ich bei dem Gedanken empfinde, denn ich habe mich in den letzten eineinhalb Jahren rund um die Uhr fast nur mit ihm beschäftigt. Jetzt allerdings, da ich wieder dran denke, spüre ich das vertraute Kribbeln, das immer da ist, kurz bevor ich online gehe in der Hoffnung, dass er geschrieben hat. Mein Laptop fährt hoch, während ich duschen gehe und mich schon mal bettfertig mache, dann öffne ich die RPG-Seite und unseren Chat.

[Josuha: Du bist dran.]
[Josuha: Hallo?]

[Josuha: ...]

Leider wird nie angezeigt, wann die Posts geschrieben wurden. Aber oh Gott, Chain ...

Sofort fühle ich mich schlecht, weil ich nicht da war, auch wenn ich weiß, dass das totaler Blödsinn ist. Ich war die letzten zwei Tage, außer gestern natürlich, jeden Tag hier aber von ihm kam keine Nachricht, also kann sie nur von gestern oder heute sein. Ob er noch online ist?

[Flynn: Hey, sorry, war bis eben unterwegs und dachte, du bist noch angefressen wegen dem Gummi^^]

Erwartungsvoll starre ich auf den Bildschirm. Sei da. Bitte, bitte sei da. Eine Minute vergeht. Dann fünf. Und auch zehn Minuten verstreichen, ohne, dass ich eine Antwort bekomme. Aber das heißt ja nichts, oder? Vielleicht ist er aufm Klo? Das dauert bei manchen ja länger.

Nach weiteren fünf Minuten verfliegt die Anspannung langsam und wird ersetzt durch Langeweile. Ob ich inzwischen-

»Miky?«

»Hey Mum«, antworte ich durch die geschlossene Tür und wende mich ihr zu, als sie ins Zimmer kommt.

»Hi, mein Schatz! Seit wann bist du zu Hause?«, fragt sie und streicht mir seitlich durch die Haare. Da haben wir uns irgendwann mal drauf geeinigt, dass das okay ist. Früher hat sie das immer oben am Oberkopf gemacht, aber da sind meine Haare so störrisch, dass sie meistens hängen geblieben ist und mir weniger Liebe aber dafür mehr Schmerz verpasst hat. Seitlich geht, da sind sie kurz und so sind wir beide zufrieden.

»Kurz nach acht. Waren noch am See.«

»Ach, das ist schön. Und die Party war gut?«, fragt sie lächelnd.

»Jap! Hab´s mal nicht übertrieben und hatte keinen Kater«, erzähle ich stolz und kassiere einen festen, mütterlichen Hieb gegen die Schulter.

»Das ist mein Junge!«, lobt sie mich, denn sie weiß, dass das bei mir auch ganz anders laufen kann. Obwohl man sagen muss, dass ich schon ewig nicht mehr besoffen nach Hause gekommen bin. Ziemlich genau seit der Nacht, als sie mich ausgelacht und dabei gefilmt hat, als ich kotzend über der Kloschüssel hing. Sie ist so ein Biest. Dad hatte immerhin Mitleid mit mir, konnte aber auch nichts tun, außer sie immer wieder daran zu erinnern, dass sie mich lieb hat und man als liebende Mutter so etwas nicht tut.

Ich liebe meine Eltern. Auch wenn sie ein bisschen bescheuert sind.

»Joa, ich muss auch ehrlich sagen, dass ich nen guten Grund hatte«, gestehe ich und sie erkennt schon an meinem dämlichen Grinsen, dass es um einen Kerl geht.

»Oh-oh-oh, erzähl mir me-heer«, singt sie, packt meine Hand und zerrt mich zum Bett, damit sie neben mir sitzen kann. Aus den Augenwinkeln sehe ich, wie sich in diesem Moment das RPG aktualisiert und möchte mich in den Arsch beißen, dass ich was gesagt habe. Chain hat geschrieben. Ach verdammt! Aber jetzt muss ich erst Mum loswerden und das geht nur, wenn ich ihre Neugier zumindest ein bisschen befriedigt habe.

»So viel gibt´s da eigentlich nicht zu erzählen«, versuche ich abzuschwächen, aber das ist komplett nutzlos. Mum hat Blut geleckt.

»Wie heißt er? Wie sieht er aus? Habt ihr rumgemacht? Hattet ihr Kondome?«

»Fuck, Mum!« Ich spüre richtig, wie mein Gesicht warm wird.

»Ich denke doch nur an deine Gesundheit!« Die Begeisterung in ihrem Gesicht sagt noch was anderes und ich schüttle seufzend den Kopf.

»Nick, geil und ja, beides«, gebe ich dann zu und schiebe ihre Hände weg, die aufgeregt an mir rumzupfen. Ob alle Mütter so sind oder nur meine?

»Und, seht ihr euch wieder?«

»Ich denke schon. Wir haben Nummern getauscht. Ich kannte ihn schon vorher. Haben uns mal beim Feiern kennengelernt und dann aus den Augen verloren.« Dass Nick ein One-Night-Stand war, muss sie dann echt nicht wissen.

»Ach, guck mal, das ist doch ein netter Zufall!«

»Jap. Ich hab ein Selfie, wenn du ihn sehen willst?« Und zwar zum Glück eines vom See. Die aus Tims Bett muss sie nicht sehen. Man sieht zwar im Prinzip nichts Schlimmes, aber man erkennt, dass wir nackt sind.

Schnell suche ich das Bild von Nick und mir. Da saßen wir gerade am Steg und hatten die Füße im Wasser und ich hätte fast mein Handy fallen lassen, weil wir nur am Blödeln gewesen sind.

»Ach Gott, der ist aber hübsch. Er hat ein echt schönes Gesicht.« Konzentriert betrachtet sie das Bild und ich nutze die Gelegenheit und versuche inzwischen, auf dem Bildschirm meines Laptops zu erkennen, was da steht, aber nichts zu machen. Zu weit weg. Mist.

»Hm, ja. Er ist echt cool. Wenn's was Längeres wird, bringe ich ihn mal mit.« Nicht, dass wir darüber gesprochen hätten. Oder generell über Beziehungen. Oder ich unbedingt jemanden haben wollen würde. Aber in dem Moment, in dem ich es sage, ploppt die Möglichkeit auf und so verkehrt würde ich das gar nicht finden.

Mein Blick wandert wieder zum Laptop und ich spüre, wie es in meinem Magen merkwürdig zieht. Ein bisschen fühlt es sich so an, als würde ich Chain hintergehen, aber das ist totaler Blödsinn. Chain will keinen Kontakt, das hat er selbst mehrfach betont. Und mich auch oft genug abblitzen lassen. Außerdem weiß ich nicht mal, wo er wohnt. Allein darüber nachzudenken ist vollkommener Schwachsinn.

»Mach das! Ich würde mich sehr freuen, ihn kennenzulernen. So, und jetzt gehe ich deinen Vater nerven, damit er mir zum Geburtstag den Ausflug nach Disneyland schenkt. Sicher, dass du nicht mitwillst?«

»Danke, fahrt ihr mal. Mir wird bei eurem Rumgeturtel immer schlecht«, wehre ich ab ich und tue spaßeshalber so, als müsste ich würgen.

»Nick kann auch mit …«

»Mum, so weit sind wir noch lange nicht«, bremse ich sie, aber sie lacht nur.

»Ich hab erst in zwei Monaten Geburtstag!«

»Dann sind wir auch noch nicht so weit.« Lachend schiebe ich sie von meinem Bett. Ich will zu meinem Laptop. Jetzt! Ich muss wissen, was Chain mir geschrieben hat.

»Okay, okay! Dann gute Nacht und mach nicht mehr so lange, morgen ist Montag!«, gibt sie endlich nach und steht auf.

»Weiß ich doch. Hab die erste Vorlesung um zehn, alles in Butter, echt jetzt!«

»Schlaf gut.« Damit verlässt sie endlich mein Zimmer.

»Nacht!« Und in der nächsten Sekunde, nachdem die Tür uns Schloss gefallen ist, sitze ich schon an meinem Schreibtisch und muss über mich selbst grinsen, weil mein Herz vor Aufregung rast. Das ist echt so schlimm.

[Josuha: War eben afk]
[Josuha: Bist du jetzt da oder nicht?]

Charmant wie immer. Und natürlich geht er nicht drauf ein, ob er beleidigt war. Er kann so eine elende Zicke sein.

[Flynn: Jap, sorry, meine Mum kam rein und hat mich über mein Wochenende ausgequetscht. Das übrigens ziemlich cool war. Wie war deins?]

[Josuha: Zu lang. Du bist dran.]

[Flynn: Hast du schlechte Laune?]

[Josuha: Nein, aber gleich.]

[Flynn: Okay, okay, ich schreibe! XD]

Kurz überfliege ich die letzten fünf Posts, damit ich wieder reinkomme. Und fuck, ich weiß schon jetzt, dass ich binnen zehn Minuten spitz wie Nachbars Lumpi sein werde. Was stimmt nur nicht mit mir? Ich atme nochmal tief durch, dann fange ich an zu schreiben.

Flynn: Flynn machte sich in der Zwischenzeit über Josuhas Hals her, küsste ihn erst sanft, bevor er ihn zärtlich biss. Noch nicht so stark, dass man Spuren sehen würde, aber das würde noch kommen. Als Josuha sowohl Gleitgel als auch Kondome gefunden und alles bereitgelegt hatte, löste Flynn sich kurz und warf dem Anderen einen brennenden Blick zu.

»Auf die Knie.«

Josuha: Ein Zittern lief durch Josuhas bereits jetzt maßlos erregten Körper und er spürte, wie ihm die Hitze in die Wangen schoss.

»Nein, das ... ist mir peinlich«, gestand er, spürte, wie es in seinem Schritt drängender pochte. Er schämte sich, denn er hatte eine ungefähre Vorstellung davon, was Flynn vorhaben könnte, von ihrem letzten

Zusammentreffen und wenn er ehrlich war, hatte er zu dieser Erinnerung in den letzten Monaten mehrfach masturbiert.

[Flynn: Das ist ja fast süß! <3]

Flynn: Josuhas Augen sagten etwas vollkommen anderes als seine Lippen, und Flynn erinnerte sich nur zu gut an das laute, hemmungslose Stöhnen vom letzten Mal. Er wollte das wieder. Und vor allem wusste er, dass Josuha das auch wollte.

»Ich sagte: auf die Knie, und zwar sofort«, schnurrte er, stahl sich noch einen festen Kuss, dann packte er Josuhas Hüfte, drehte ihn auf den Bauch und zog seinen Hintern nach oben. Zufrieden lächelnd ließ er seinen Blick über Josuhas Po gleiten. Perfekt!

Josuha: Seine Wangen brannten! Es war ihm unfassbar peinlich, so vor Flynn zu knien und gleichzeitig machte es ihn unglaublich an.

»Was ... tust du?«, fragte er schwach, obwohl er es eigentlich wusste.

Flynn: »Etwas, von dem ich weiß, dass du darauf stehst!« Lächelnd leckte Flynn sich über die Lippen, dann beugte er sich tiefer und leckte einmal komplett durch den schmalen Spalt.

Josuha: »Oh- Gott ...« Japsend krallte Josuha seine Finger in das Laken und konnte nicht anders, als Flynn sein

Becken fordernd entgegen zu drängen. Es war unsagbar peinlich! Und gleichzeitig einfach nur unfassbar erregend.

Flynn: Die Reaktionen des Anderen waren einfach echt verdammt heiß! Sanft küsste Flynn nun Josuhas Pobacken, hielt ihn hin und lachte gemein, als dieser unwillig brummte, gab dann nach und kehrte wieder zur Mitte zurück.

[Josuha: Du sollst nicht passiv für mich mitschreiben!]

Josuha: Es war zu wenig. Viel zu wenig.

»Flynn ... du ... ich ...« Verzweifelt drehte er den Kopf zur Seite, warf einen Blick über die Schulter.

[Flynn: Sorry! T-T]

Flynn: »Ja ...?«, fragte er unschuldig und gab Josuhas perfektem Arsch einen Klaps.

Josuha: Josuha zuckte, genauso wie sein harter Schaft, bei dem unerwarteten Schmerz, und auch wenn er die Geste eigentlich als Erniedrigung empfand, konnte er das gerade nicht schlecht finden.

»Nimm mich«, brachte er schließlich zögernd heraus und hoffte, dass sein Kopf vor Scham nicht gleich explodieren würde.

Flynn: Ein weiterer fester Klaps auf Josuhas Arsch war die Antwort darauf.

»Oh nein, noch nicht, Baby, ich hab noch mehr mit dir vor«, versprach er, beugte sich dann wieder tiefer über Josuhas Hintern und fing an, ihn ohne Vorwarnung mit seiner Zunge zu ficken.

Josuha: Josuha schrie auf, verspannte sich von oben bis unten und wäre fast sofort gekommen. Das, was er dabei empfand, Scham, Lust, Erniedrigung, Gier, das alles war fast zu viel und er verschluckte sich beinahe an seinem eigenen Stöhnen.

Flynn: Flynn spürte, dass Josuha kurz davor war, griff zwischen seinen Beinen hindurch nach vorne, umschloss seinen harten Schwanz an der Wurzel und verhinderte so effektiv, dass er kam.

Josuha: »V-Verdammt, du- hnnngh!«, fluchte und stöhnte Josuha, schnappte immer wieder hektisch nach Luft. Dieser verdammte Mistkerl, warum quälte er ihn so?

Flynn: »Schhh, geht gleich weiter«, versprach er, streichelte noch einmal über Josuhas Hintern.

Daran könnte er sich definitiv gewöhnen! »Nochmal die Zunge oder Finger?«

Josuha: Josuha hätte nicht gedacht, dass sein Kopf noch heißer werden könnte.

»Rede nicht so!«, keuchte er und vergrub den Kopf wieder im Kissen. Wie konnte der andere ihn so etwas fragen?

Flynn: »Komm schon, sags mir! Vorhin auf der Treppe warst du nicht so schüchtern ...«

Lächelnd beugte er sich tiefer und leckte einmal ohne viel Druck über die kleine Pforte, reizte sie, drang aber nicht ein. Flynn liebte es, zu spielen!

Josuha: »Das war ... was ganz anderes!«, japste Josuha, erschauderte bei der viel zu sanften Berührung und versuchte krampfhaft, sein Becken unter Kontrolle zu halten, das nichts anderes wollte als Flynn zu spüren. Auf jede Art, aber vor allem fester! Er wollte mehr! Er brauchte mehr! »Bitte!«

Flynn: »Und weiter? Bitte fingern oder bitte lecken?«, hielt Flynn ihn weiter hin und legte jetzt einen Finger auf den zuckenden Eingang. Gott, er wollte ihn so sehr!

Josuha: »Bitte ... tu was!« Er konnte es nicht sagen! Er schämte sich so sehr! Natürlich waren Flynns Finger besser als nichts, aber das, was er mit seiner Zunge anstellte, das war ... Und er wollte es! Er wollte es unbedingt! Aber er konnte das doch nicht sagen!

Flynn: »Hm, so kommen wir nicht weiter ... Schade, dass wir hier kein Spielzeug haben.«

Josuha: »Spielzeug?« Wie schamlos war der Kerl? Allerdings konnte Josuha nicht sagen, dass es ihm nicht gefiel.

Flynn: »Hmhm ... Plugs, in verschiedenen Größen natürlich, Analketten, Vibroeier, ach, es gibt so viel ...« Während er das sagte, reizte er ihn weiter mit einem Finger, beobachtete sein Tun dabei voller Faszination.

Josuha: Das klang verdammt heiß, musste Josuha zugeben, aber gerade wünschte er sich nichts weiter, als dass Flynn aufhörte ihn zu quälen und zumindest irgendetwas tat! »Bitte ...«

Flynn: »Das klingt so scheiße geil, wenn du bettelst ... Okay, weil du es bist«, schnurrte er, dann tat er das, was er selbst gerade am liebsten wollte, rutsche noch etwas tiefer und drang erneut mit seiner Zunge in ihn ein, so tief er konnte.

Josuha: »Oh Gott! Fuck, du- hnnaaah! Ja!«, stöhnte Josuha, bohrte seine Finger tiefer in das Laken und srhhko

Verwirrt und vor allem geil ohne Ende, starre ich auf den halben Satz und den Buchstabensalat.

Was zur Hölle? Ich warte kurz, in der Hoffnung, dass der Rest gleich noch nachkommt, aber nichts passiert.

[Flynn: Kommt da noch was? Oo]

Mein Herz rast. Ich hab meine Hose inzwischen ausgezogen und bin halbwegs dabei es mir selbst zu machen, allerdings bin ich noch beim Vorspiel. Heißt, über gelegentliches kurzes Wichsen bin ich noch nicht rausgekommen. Das bedeutet aber nicht, dass ich hier nicht zum Abschluss kommen will, verdammt nochmal! Wo ist der Bastard schon wieder hin?

[Flynn: Sag mir nicht, dass du eingepennt bist!]

Ich meine, es ist nicht mal elf! Und wir sind mittendrin! Ich bringe ihn um, wenn er eingeschlafen ist! Keine Ahnung wie, aber das überlebt er nicht! Frustriert bis aufs Äußerste starre ich auf den Bildschirm und warte. Mein Schwanz verliert langsam die Lust und ich komme mir zunehmend dämlich vor, wie ich hier sitze. Das darf doch nicht wahr sein. Inzwischen sind zehn Minuten vergangen und er ist immer noch nicht wieder da. Ich werde langsam sauer. Was soll das in letzter Zeit ständig? Warum tut er das? Wenn er keinen Bock mehr hat, soll er es sagen.

[Flynn: Du hättest wenigstens sagen können, dass du gleich weg bist, Arschloch!]

Wütend will ich grade das Chatfenster schließen, da aktualisiert das RPG. Gerade noch, Mistkerl ...

[Josuha: Sorry, mein Vater kam eben rein.]

Sofort tut es mir leid, dass ich so arschig zu ihm war.

[Flynn: Omg! Hat er dich beim Wichsen erwischt ...?]

Wieder kommt eine Weile nichts, hätte ich mir auch denken können. Aber dann ...

[Josuha: Ja, halbwegs. Ich hatte meine Hose offen und ich habe es zwar geschafft, den Tab zu wechseln, aber er hat mir nicht geglaubt, dass ich zu einem Dreimann-Zelt auf eBay masturbiere. Er hat die anderen Tabs geöffnet und die letzten Posts gelesen.]

[Flynn: Oh Scheiße! Das hat er echt gemacht? Das finde ich extrem daneben, kennt der sowas wie Privatsphäre nicht? Dem muss doch auch klar sein, dass du hin und wieder auch mal Spaß mit dir selbst hast, das geht den doch gar nichts an! Na, wie auch immer. Wenn dein Dad so weit geht, ist er damit wahrscheinlich nicht so cool wie meiner?]

[Josuha: Ist er nicht. Er will morgen mit mir reden und hat meinen Laptop mitgenommen.]

[Flynn: Oh fuck! Ach du ... Oh Gott ist das scheiße! Aber wie kannst du dann hier sein?]

[Josuha: Es gibt von der RPG-Seite eine App. Bin am Handy.]

[Flynn: Aah, das wusste ich nicht. Aber oh Mann, wie mies! Was denkst du, was jetzt passiert?]

[Josuha: Weiß ich nicht. Ich bin dann jetzt auch weg.

Weiß nicht, wie ich die nächsten Tage online bin.]

[Flynn: Versteh ich. Okay, dann hoffentlich bis morgen oder so. Viel Glück mit dem Gespräch.]

[Josuha: Danke.]

Und dann ist er weg und ich sitze da und weiß nicht, worüber ich zuerst nachdenken soll. Also langsam. Das Wichtigste zuerst. Zur Hölle, Chain hat es sich zu dem RPG selbst gemacht. Und es auch noch zugegeben. Das ist ... wow! An sich nichts Ungewöhnliches, ich selbst mache es ja auch, aber bei Chain hätte ich das, warum auch immer, im Leben nicht erwartet. Er wirkt immer so ... keine Ahnung ... ungerührt? Also nicht vom Text her, er ist schon verdammt geil und alles, aber dennoch hätte ich das einfach echt nicht erwartet. Das mit seinem Vater ist jetzt halt echt scheiße. So richtig. Ich meine, ich kenne ja seine Lebensumstände nicht, aber -

Immerhin wohnt er noch zu Hause und ist in einem Alter, in dem sein Vater ihm noch was zu sagen hat. Das beruhigt mich ein bisschen, denn ich hatte mich auch schon gefragt, ob ich am anderen Ende nicht einen perversen Vierzigjährigen sitzen habe. Das hat sich damit wohl erledigt. Wow, Moment! Fuck, was ist, wenn er, im Gegenteil, eigentlich zu jung ist? Was, wenn ich seit über einem Jahr virtuellen Sex mit ´nem Fünfzehnjährigen habe? Das wäre ... Oh Gott ...

Ne ... oder? In dem Alter ist man noch nicht so pervers, oder? Chain ist ganz schön versaut, wenn er nicht grade so verschämt tut. Der kann auch echt fordernd sein und die Initiative ergreifen, das klingt jedenfalls so, als hätte er Ahnung von dem, was er schreibt. Hm. Tja, und jetzt?

Ah! Die App! Schnell öffne ich meinen Appstore und lade die App runter. Den Laptop klappe ich zu, dann gehe ich zum Bett, krieche unter die Decke und klicke mich ein bisschen durch die Seite. Gar nicht mal schlecht. Vor allem kann ich auch unsere alten, abgeschlossenen RPGs aufrufen und nochmal lesen, das ist nett. Das ist sehr nett.

Ich hab nämlich immer noch keine Hose an und so komme ich wenigstens noch zu etwas. Ich hoffe, dass Chain seinen Laptop bald wiederbekommt oder vom Handy aus schreibt. Denn allein der Gedanke, dass er jetzt weg ist, vielleicht sogar für immer … Da wird mir richtig flau im Magen. Nope, nein, auf keinen Fall! Der kommt wieder!

***

Am nächsten Morgen erwische ich Hannah alleine vor der Uni.

»Guten Morgen!« Ich drücke sie einmal fest.

»Guten Morgen«, gibt sie zurück, lehnt sich an mich und bleibt dann einfach so stehen.

»Hey, uhm … alles okay?« Eigentlich wollte ich direkt wegen gestern losjammern, aber Hannah sieht ziemlich durch den Wind aus. Sofort ziehe ich sie noch etwas enger an mich.

»Nein … also eigentlich ja, aber nein …«

Oje, das klingt nicht gut.

»Was ist denn passiert?« Wetten, der Blödsack hat wieder Scheiße gebaut?

»Leon und ich … wir haben gestern Abend gestritten.«

Sag ich doch! Tröstend streichle ich ihr über den Rücken, dann hoch in den Nacken.

»Weswegen denn?«

»Ich habe keine Ahnung.«

Verwirrt löse ich mich halb und sehe zu ihr runter.

»Hä? Du musst doch wissen, weswegen ihr gestritten habt.«

»Ja, schon, aber … Als wir von Tim weg sind, war alles noch okay. Leon hat mich heimgebracht, hat sogar noch mit meinen Eltern im Wohnzimmer gesessen, wir haben Kaffee getrunken und ich war mega happy, weil er sich davor sonst immer drückt. Gestern war es aber wohl voll okay für ihn. Wir waren noch in meinem Zimmer, haben einen Film geguckt, bisschen geschmust, alles war super!«

»Klingt nach nem ziemlich perfekten Tag, eigentlich …«

»Absolut! Dann ist er irgendwann heim, wir haben noch ein bisschen geschrieben und dann war er plötzlich weg. Das an sich ist ja nicht schlimm. Ich hab dann noch gelernt und dann kam meine Mum und hat mich gefragt, ob Leon nun mit zu Tante Carolas Hochzeit in zwei Wochen geht. Ich hatte mit ihm schon drüber gesprochen und weiß, dass er eigentlich keine Lust hat, aber er hat noch nicht nein gesagt. Also hab ich ihm geschrieben und dann ...« Sie löst sich von mir und fischt ihr Handy aus der Tasche, entsperrt es und zeigt mir den Chat. Ich überfliege die Nachrichten. Kein Wunder, dass sie so durch den Wind ist. Keine Ahnung, welche Laus diesem Blödmann über die Leber gelaufen ist, aber nur, weil er keinen Bock auf die Hochzeit hat, muss er nicht gleich so arschig sein.

›Du bist zwar meine Freundin, aber das heißt noch lange nicht, dass du das Recht hast, mir mein Leben vorzuschreiben.‹ Das, und noch eine Menge anderer Bullshit steht da. Was zum Fick, ey …

»Er ist so ein verdammter Bastard manchmal ...« Ich darf nicht zu viel meckern, sonst nimmt sie ihn gleich wieder in Schutz.

»Ich weiß wirklich nicht, warum er direkt so explodiert ist. Ich hab doch ganz normal gefragt.«

Sanft ziehe ich sie wieder in meine Arme. Wir sollten langsam reingehen, aber ich will sie jetzt nicht drängen. Hannah liebt diesen Vollspacken schon so lange ... Ich werde nie verstehen, warum. Vor allem, weil er sie so oft behandelt, als wäre sie nicht seine Freundin, sondern jemand, der ihm einfach nur permanent auf die Nerven geht. Ich würde mir das im Leben nicht gefallen lassen!

»Ich habe keine Ahnung ... Er ist halt blöd.«

»Manchmal schon, ja ... Warum kann er nicht mehr sein wie du?«, murmelt sie gegen meinen Hals. Ich grinse zu ihr runter und kneife sie liebevoll in die Nase.

»Weil ihr dann gar keinen Sex hättet?« Zum Dank kassiere ich einen zum Glück nicht allzu festen

Faustschlag in den Magen. Das war jetzt echt gemein. Ich wollte sie doch nur ein bisschen aufheitern.

»Du bist selbst blöd!«, lacht sie halbherzig, dann schmiegt sie sich nochmal kurz an mich, bevor wir uns trennen und zur Treppe gehen.

Würde ich auch nur ein bisschen auf Frauen stehen, hätte ich schon alles versucht, um Hannah zu bekommen! Wir kennen uns seit der ersten Klasse und sind auch schon fast so lange befreundet. Sogar Tim kam erst später dazu. Er und ich haben uns irgendwann mal beim Fußball kennengelernt. Wir spielen beide nicht mehr, war nicht so unser Sport, aber unsere Freundschaft ist geblieben und ich bin so froh, dass Tim und Hannah sich auch total gut verstehen. Nur Leon passt nicht ins Bild und er gibt sich auch gar keine Mühe, daran etwas zu ändern.

Er ist ein arroganter Sack, der ziemlich was in der Birne hat und verdammt gut aussieht. Das war´s. Menschlich ist der Typ ein Totalschaden ...

»Und bei dir?«, fragt Hannah mich jetzt und ich war gar nicht mehr drauf vorbereitet, jetzt noch rumzujammern. Meine Probleme sind längst nicht so mies wie ihre ...

»Och, alles okay«, brumme ich darum abwehrend.

»Sah vorhin aber nicht so aus ...« War klar, dass es ihr aufgefallen ist. Sie ist so aufmerksam und lieb.

»Na ja, gestern gab´s einen kleinen Zwischenfall.« Also erzähle ich ihr doch von Chains Desaster, dass sein Daddy ihn beim Wichsen erwischt hat. Natürlich bemitleidet sie uns beide angemessen – Ihn, wegen seines arschigen Vaters und mich, weil ich jetzt vielleicht keinen virtuellen Sex mehr haben kann – dann wird es aber endgültig Zeit und wir sehen zu, dass wir in unseren Kursraum kommen.

Wir haben es etwa zehn Sekunden vor dem Dozenten durch die Tür geschafft. Schwein gehabt!

Wie üblich sitzen wir in den Kursen, die wir gemeinsam haben, nebeneinander. Später, als ich den ersten Kurs des Tages ohne sie habe, lege ich mein Handy vor mich auf den Tisch, als könnte es mir sagen, was ich tun soll. Soll ich Chain einfach mal meine Nummer schicken? Darüber habe ich seit gestern Abend mehrfach nachgedacht, bin aber noch zu keiner endgültigen Entscheidung gekommen. Im schlimmsten Fall ignoriert er es einfach ...

Kurz überlege ich, was ich als Profilbild auf WhatsApp habe. Batman müsste das sein. Und mein Name da ist Flynn, einfach weil ich den richtig gern mag. Er würde nichts über mich erfahren, was er nicht schon weiß… Ach, scheiß doch drauf!

Ein aufgeregtes Grinsen breitet sich über mein Gesicht, als ich das RPG aufrufe.

[Flynn: Hey, ich hoffe, dir geht es heute besser, also wegen der Sache gestern. Wenn du reden willst, oder so, ich lass dir einfach mal meine Nummer da! Meld dich, wenn du Lust hast. Wenn nicht, ist es auch okay, dann bleiben wir einfach hier. Oder so ... ciao! xD]

Ein bisschen nervös bin ich schon ... Aber mehr als ablehnen kann er ja nicht ...

Na ja, und weil ich mein Handy grade in der Hand habe und der Dozent noch seine Unterlagen sortiert, schreibe ich Nick auch gleich.

›Jo, Nick! Alles fit? Gestern noch gut heimgekommen?‹

Ich finde nicht, dass man bei uns jetzt schon an Beziehung oder so denken muss. Wir funktionieren miteinander, das ist für den Moment doch ausreichend. Außer ...

Außer natürlich, er wäre Chain. Dann würde ich wahrscheinlich ernsthaft anfangen, ihn anzugraben, weil ... einfach weil!

***

Am Nachmittag sitze ich mit Nick in einem Café und stelle erneut fest: Wir funktionieren sogar ganz ausgezeichnet! Er ist so ein Chaot!

»Und dann wäre ich fast von dem blöden Ding runtergefallen! Ich dachte echt, das war´s jetzt, aber zum Glück hat mich einer der Aufseher, oder Betreuer, oder keine Ahnung, wie man da sagt? Anschnalltypen?«

»Anschnalltypen klingt hervorragend!« Lachend wische ich mir eine Träne aus dem Augenwinkel. Oh Gott!

»Find ich auch! Jedenfalls hat der mich noch erwischt und dann stehen wir da und hören Kais verdammt lautes und verdammt hohes Kreischen, als er fällt. Ich bin dann nicht mehr gesprungen, war mir einfach zu blöd.«

»Versteh ich! Wobei ich das auch immer mal machen wollte! Oooh, oder Skydiving! Das ist noch cooler als Bungeejumping!«

»Fuck, ja! Vor allem, weil das inzwischen auch echt bezahlbar ist!« Er klingt total begeistert und ich genieße es, wie wir uns gerade gegenseitig immer weiter hochpushen.

»Jap! Meine Mum hat das vor zehn Jahren oder so gemacht. Die war so begeistert und erzählt das heute noch überall und will es jedem aufschwatzen, weil es ja so toll war! Ich will auch, aber nicht allein ... Also, ich weiß schon, dass man ja nicht allein springt, aber ich hätte gern einen Freund, der mitspringt.« Ich habe sogar schon das Geld gespart und zur Seite gelegt. Ich will das wirklich! Es will nur keiner mitmachen und das ist echt verdammt traurig und ein bisschen frustrierend.

»Was ist mit Tim?«, schlägt Nick vor, aber ich muss ihn direkt enttäuschen.

»Der hat Höhenangst, der Spacko! Keine schlimme, also auf den Kletterturm auf dem Spielplatz kann er gerade noch hochsteigen, ohne sich in die Hose zu machen, aber er meinte, lieber würde er sterben als aus einem Flugzeug zu springen. Egal wie sicher das auch sein mag.«

»Das ist bitter ... Und Hannah?«

»Die hat kein Interesse, und nur um mir einen Gefallen zu tun, ist es dann doch zu teuer ...«

»Hm, stimmt schon. Blöd.«

»Jap, blöd ...«, brumme ich und trinke einen Schluck.

»Du, ich bin mal kurz für kleine große Jungs.« Schon ist Nick aufgestanden und ich nicke ihm zu.

»Kein Ding.«

Zufrieden lächelnd sehe ich Nick nach, als er Richtung Toiletten geht. Er ist echt cool. Ich mag ihn mit jeder Minute mehr.

Mehr aus Gewohnheit, als wirklich um etwas nachzusehen, hole ich mein Handy aus der Tasche.

Tim hat geschrieben und fragt, wo ich bin und ob ich später noch Zeit habe.

›Bin mit Nick was trinken, keine Ahnung wie lange noch. Ist was?‹

Die Antwort kommt quasi sofort.

›Nope, wollte dir nur was erzählen. Läufts gut?‹

›Jop‹, antworte ich zufrieden grinsend.

›Cool. Meld dich, wenn du nachher noch kannst!‹ Dann ist er auch schon offline. Dennoch antworte ich ihm noch.

›Okay, mach ich‹

Sonst habe ich keine Nachrichten. Kurz überlege ich, ob ich noch auf die RPG-Seite schauen soll, aber da kommt Nick schon wieder zurück und ich lege mein Handy zur Seite.

Eigentlich kann ich mir, je besser ich Nick kennenlerne, fast gar nicht mehr vorstellen, dass er Chain ist. Ernsthaft geglaubt habe ich es eh nicht, aber wenn ich an vorgestern Abend denke ... Das waren einfach echt verdammt viele Zufälle.

Keine Ahnung, ob so etwas möglich ist ... Ob ich ihn einfach mal fragen soll?

Und wenn er gar nicht weiß, was RPG ist und ich mich dann auslachen lassen muss, weil ich es mag, mit fremden Leuten Schwulenpornos zu schreiben? Denn anders kann man das teilweise echt nicht mehr nennen, was Chain und ich da tun ...

»Sag mal«, fragt er mich plötzlich, »wie stehst du zu Gaming Conventions?« Vollkommen überfahren glotze ich ihn an und frage mich ernsthaft, ob in unseren Köpfen eine geheime Verbindung besteht.

Okay, stopp! Gamer zu sein heißt nicht, dass er RPGs kennt!

»Öh ... Ich find die ziemlich cool«, gebe ich zurück und muss mein Gesicht davon abhalten, gruselige Dinge zu tun.

Verdammt, das wird ja immer besser!

»Sehr geil! Ich hab nämlich Karten für die nächste Comic Con und dachte, vielleicht willst du mit? Was spielst du denn so?«

»Sämtliche Teile von Final Fantasy, Kingdom Hearts, Resident Evil … die üblichen Verdächtigen eben. Na ja, und hin und wieder LOL und WOW, aber nicht so regelmäßig. Hab ja noch meinen Nebenjob, bei dem ich zwei bis dreimal die Woche abends antreten muss.« Und Chain. Ob ich mal ...

»Sehr geil! Wir könnten mal zusammen spielen? Und, weil wir gerade dabei sind: Kennst du Cosplay?«

Natürlich kenne ich Cosplay. Ich mach´s selbst nicht, aber ich kenne zwei, drei Leute, die da voll dabei sind und ich feiere das total.

»Jop. Bist du Cosplayer?«, frage ich neugierig, auch

wenn die Antwort quasi auf der Hand liegt, denn warum sollte er mich sonst danach fragen?

»Ja! Ich mache Rüstungen und solchen Kram.«

»Hast du Bilder?« Ich bin direkt fasziniert! Wie geil ist das denn bitte? Ich habe einen Nerd aufgegabelt, der gar nicht so wirkt! Er kennt definitiv RPGs! Zu 100 Prozent!

»Klar, warte!« Er holt sein Handy raus und sucht kurz in seiner Galerie, dann zeigt er mir, was er so in seiner Freizeit macht, wenn er nicht gerade arbeitet. Als Mediengestalter. Ist grade mit der Ausbildung fertig geworden. Und fuck, die Bilder! Das sieht so verdammt genial aus!

***

Drei Stunden später hat Nick mich dann im Park gegen einen Baum gedrückt und mich geküsst. Ja, ich finde auch, das kam überraschend, aber er hat gesagt, dass er nicht mehr warten will, bis ich aktiv werde.

Sex im Park hatten wir natürlich nicht, aber wir haben ausgemacht, dass wir uns diese Woche nochmal sehen. DVDs gucken, bei ihm, in seiner Wohnung. Hmhm, DVDs ...

Aber ich bin absolut nicht unzufrieden. Vor allem weil es so aussieht, als würde Nick das alles ziemlich locker sehen. Das kommt mir sehr entgegen.

Unschlüssig stehe ich jetzt unten in der Bahnstation und überlege, ob es sich noch lohnt, zu Tim zu fahren, oder ob ich lieber nach Hause soll. Ich gucke auf mein

Handy, aber immer noch keine neue Nachricht. Erst recht nicht von einer neuen, fremden Nummer.

Die Bahn, egal welche, kommt erst in fünf Minuten. Also öffne ich das RPG mit Chain.

Ein bisschen unruhig fühle ich mich ...

Ich weiß nicht, ob ich mir eine Antwort von ihm wünschen soll.

Wenn er hier im RPG antwortet und nicht auf WhatsApp, heißt das ja wohl überdeutlich, dass er kein Interesse hat.

Die Seite braucht ewig, um zu laden, weil der Empfang hier unten so mies ist, dann ist der Chat endlich offen und ich atme enttäuscht aus.

[Josuha: Danke, aber ich komme klar.]

Mehr steht da nicht. Hätte ich mir eigentlich auch denken können. Naja, ich hab's versucht. Wäre auch zu schön gewesen.

[Flynn: Okay! XD
Wie war das Gespräch mit deinem Dad? Hast deinen Laptop wieder?]

Besser, so zu tun als wär's mir egal. Er hat mich ja nicht zum ersten Mal abblitzen lassen, wenn auch ... Na ja, das hier fühlt sich schon bisschen eklig an in meinem Magen.

Als direkt eine Antwort kommt, bin ich überrascht. Kann man Alerts einstellen, wenn neue Posts da sind? Wenn ja, hab ich noch nicht gesehen, wo.

Der war mit Sicherheit nicht auf der Seite und hat auf mich gewartet!

[Josuha: Ja. Die RPG-Seite ist jetzt gesperrt.]

[Flynn: Wtf?! Dein Ernst?]

[Josuha: Ja.]

[Flynn: Krasser Scheiß! Wer macht denn sowas? Facebook und Youtube gehen aber noch, oder? XD]

[Josuha: Ich habe kein Facebook]

Okay, ich merke zwar auch, dass Facebook nicht mehr das ist, was es mal war und viele zu Instagram, Twitter und anderen sozialen Netzwerken abwandern, aber den Messenger finde ich super praktisch. Vor allem, wenn man die Handynummer von jemandem nicht hat. Wenn ich so drüber nachdenke, haben aber eigentlich alle in meinem Umfeld noch einen Account.

Hannah hat nur mal erzählt, dass Leon kein Facebook hat, aber der ist auch der unsozialste Mensch auf Erden.

Und Leon ist mir auch echt egal, soll er sich irgendwo eingraben und dort bleiben, die langweilige, arrogante Schnieptröte ...

[Flynn: Krass ... Okay, ist ja nicht schlimm. Wie geht´s jetzt hier weiter? Geht´s überhaupt weiter?

Kennst du jemanden, der die Seite wieder entsperren kann? Oder kannst du sowas selbst?]

Das wäre so mies, wenn er jetzt gar nicht mehr schreiben will ...

[Josuha: Nein, kenne ich nicht. Außerdem traue ich meinem Vater zu, dass er ohne mein Wissen in mein Zimmer geht und kontrolliert, ob die Sperre noch aktiv ist.]

[Flynn: Was zur Hölle? Ist das dein Ernst? Meinst du nicht, dass das ein bisschen zu weit geht?]

[Josuha: Ich schon. Er nicht. Und momentan habe ich leider keine Möglichkeit, als es hinzunehmen. Wie es jetzt weitergeht, weiß ich noch nicht. Ich schreibe nicht so gern am Handy. Vor allem nicht so langen Text.]

Das ist immerhin kein komplettes Nein. Auch wenn ich das echt verdammt hart finde, was sein Vater da abzieht. Helfen kann ich ihm aber leider nicht. Ich kann nur hoffen, dass der Kontakt jetzt nicht einschläft, weil ihm das Schreiben am Handy zu aufwändig ist.

[Flynn: Hm, ich auch nicht. Wir könnten beide nur noch am Handy? Geteiltes Leid, quasi?]

Ich will nicht, dass es vorbei ist!

[Josuha: Ich überlege es mir.]

[Flynn: Du würdest mich vermissen! XD vor allem den guten Sex!]

[Josuha: ...]

[Flynn: Na klar? Wir schreiben jetzt seit 1,5 Jahren, du wärst nicht hier, wenn du das nicht mögen würdest, oder? Lass deinen Alten nicht gewinnen, wir schreiben einfach so weiter!]

Bitte, bitte, bitte sag nicht nein! Bitte!

[Josuha: Okay.]

*[Flynn: Wuhuuuu!!!! *_____*]*

[Josuha: :)]

Oh Gott, ein Smiley! Von denen bekomme ich verdammt selten welche!

Ich frage mich, ob er gerade wirklich lächelt ...

Ich stehe nämlich da und grinse dämlich.

Ein durchdringendes Piepsen lässt mich aufsehen und dann ... fährt die Bahn zu Tim ab. Ich bin so ein Trottel! Na ja, Entscheidung gefallen, die nächste Bahn zu mir kommt in zwei Minuten, zum Glück am selben Gleis.

Fuck, ich bin so happy gerade!

[Flynn: Voll geil! Ich dachte echt, du hast keine Lust mehr! XD]

[Josuha: Darauf, nur noch am Handy zu schreiben, habe ich tatsächlich keine.]

[Flynn: Aaach, da gewöhnen wir uns schon dran! So, und jetzt? Willst du noch schreiben? Wenn ja, das Alte weiter oder neu?]

[Josuha: Ist mir gleich.]

[Flynn: Ob wir schreiben oder was wir schreiben?]

[Josuha: Was.]

Er ist so minimalistisch ...

[Flynn: Okay …
Also dann ...? Ich bin grade noch in der Bahn, wer ist eigentlich dran?]

Tatsächlich fährt in diesem Moment die Bahn ein und ich sehe zu, dass ich die nicht auch ohne mich wegfahren lasse. Ich suche mir einen Platz, an dem ich alleine sitze, dann gucke ich wieder in den Chat.

[Josuha: Eigentlich du, aber mein letzter Post wurde nicht fertig]

[Flynn: Also doch das Alte weiter?]

[Josuha: Von mir aus ...]

Kann er nicht einmal sagen, was er will? Was er nicht will, sagt er doch auch so deutlich! Er ist echt ein Fall für sich ...

[Flynn: Oki, dann mach deinen erst mal fertig.]

[Josuha: Okay, Moment.]

Josuha: »Oh Gott! Fuck, du- hnnaaah! Ja!«, stöhnte Josuha, bohrte seine Finger tiefer in das Laken und drückte seinen Rücken durch, presste sich dem Anderen verlangend entgegen.

Der Unterschied vom normalen Schreiben zum RPG ist immer wieder faszinierend!

Ich muss erst mal hochscrollen und lesen, was wir zuletzt genau geschrieben haben, dann tippe ich weiter.

Fuck, warum, bin ich noch nicht zu Hause?!

Flynn: Immer wieder ließ er seine Zunge in die heiße Enge gleiten, genoss das tiefe erregte Stöhnen Josuhas und gab sich größte Mühe, ihm noch mehr davon zu entlocken.

Der Kerl war einfach so scheiße geil!

Josuha: Josuha krümmte sich, spürte, wie es heftig in seinem Unterleib zog und erzitterte.

»Flynn«, japste er, wusste vor lauter Erregung gar nicht, wohin mit sich.

Flynn: Lächelnd zog Flynn den Kopf zurück, ersetzte seine Zunge durch einen Finger und schob ihn tief in den bebenden Körper.

»Ja, was denn? Reicht dir das nicht?«, fragte er leise, bewegte den Finger langsam vor und zurück, bevor er einen zweiten dazu nahm.

Josuha: »Hnnn - Nein! Ich ... du ... fester!«, stöhnte Josuha erstickt ins Kissen. Er brannte! Sein Körper stand in Flammen und er wollte mehr! Das hier reichte ihm nicht!

Flynn: »Du bist echt ganz schön gierig«, raunte Flynn, angelte nach dem Kondom, öffnete es mit den Zähnen und zog es sich mit einer Hand über. »Gleich fick ich dich, Moment noch.«

Josuha: Sein Herz raste in atemloser Erwartung. Er hielt es kaum mehr aus, wollte Flynns harten Schaft in sich spüren, wollte fühlen, wie er ihn ausfüllte.

[Flynn: Fuck ey, wenn du sowas schreibst, ne ...]

[Josuha: Was dann?]

[Flynn: Dann will ich am liebsten zu dir fahren und es dir richtig besorgen ...]

Gut zwei Minuten kommt keine Antwort und ich hätte fast meine Haltestelle verpasst, aber dann ...

[Josuha: Manchmal wünschte ich, du könntest und würdest.]

Bämm.

Schockiert starre ich auf den Satz, frage mich, ob ich mir das nicht nur einbilde. Hat er das echt ... wow ... Heißt das jetzt, dass er doch mehr Kontakt will?

[Flynn: Du könntest mir sagen, woher du kommst, dann kann ich dir sagen, ob ich´s heute noch schaffe xP]

Wer nicht wagt, der nicht gewinnt, oder?

[Josuha: Nein, das geht leider nicht. Du bist dran.]

[Flynn: Mawww, du bist gemein! Erst schreibst du sowas und dann ... T-T
Na okay, ich mach weiter.]

Erst mal muss ich aber aus der U-Bahn raus. Oben an der Straße lehne ich mich kurz gegen einen Baum. Ich kann nicht gleichzeitig gehen und schreiben. Da schwanke ich wie ein Betrunkener nach einer durchgezechten Nacht.

Flynn: Schnell griff Flynn nach dem Gleitgel, dann zog er seine Finger - drei inzwischen - zurück, strich nur noch ein paar Mal neckend durch die enge Ritze.

»Gleich ...«, versprach er, verteilte Gleitgel auf seinem harten Schwanz und tropfte etwas davon auf Josuha.

Er konnte es kaum erwarten, in ihm zu sein.

Josuha: »Fick mich ... bitte ...« Josuha hielt es kaum mehr aus. Zitternd stemmte er sich auf die Ellenbogen und sah über seine Schulter. »Steck ihn rein!«, verlangte er und lehnte sich dem anderen entgegen.

Flynn: Fuck, Josuha war so verdammt heiß!

Und jetzt hielt er es selbst nicht mehr aus, griff nach Josuhas perfektem Hintern, zog die Backen ein bisschen auseinander und sah dann genüsslich dabei zu, wie sein Schwanz langsam in ihn eindrang.

Gott, so gut ...

Josuha: Schon bei der ersten Berührung glaubte Josuha, Sterne zu sehen, aber es ging ihm nicht schnell genug, er wollte mehr! Gierig drückte er sich nach hinten, spießte sich selbst auf den harten Schaft Flynns auf, während er sich immer wieder in kurzen Stößen vor und zurück bewegte.

Flynn: »Fuck, du machst mich fertig! Wie kann man so verdammt eng sein!«, keuchte Flynn und schob dann in einer letzten harten Bewegung sein Becken nach vorne, bis er vollkommen in ihm war.

Josuha: Josuha schämte sich nicht für sein lautes Stöhnen, drängte sich Flynn heftig entgegen und begann dann, selbst sich zu bewegen.

»Mach schon«, keuchte er.

Flynn: »Meine Fresse, du hast es echt ... verdammt nötig, huh?«, keuchte Flynn, hätte eigentlich einen Moment gebraucht, um sich zu fassen, weil sich das hier einfach viel zu gut anfühlte, aber Josuha war nicht bereit, ihm diesen zu geben.

Japsend packte er Josuhas Hüfte fester, bevor er begann sich in ihn zu stoßen. Es dauerte nicht lange, bis er in einen schnellen, gleichmäßigen Rhythmus verfiel.

Josuha: Josuha war im Himmel! Endlich hatte er, was er wollte und brauchte, hielt sich kein Stück zurück, stemmte sich dem Anderen bei jedem Stoß entgegen.

Flynn: Josuhas Stöhnen machte Flynn fast wahnsinnig! Wie konnte man so verdammt geil klingen?

»Lauter!«, verlangte er. »Nicht… zurückhalten!«

Josuha: »Hnnnaah! Mach ich- aahhh, nicht!«

Und das tat er wirklich nicht! Stöhnend kniete er vor Flynn, genoss jeden einzelnen kraftvollen Stoß, fing ihn mit seinem Körper auf und spürte, dass es nicht lange dauern würde, bis er kommen würde.

»Fester!«

Flynn: Sofort legte Flynn noch mehr Kraft in seine Stöße, merkte selbst, wie es in seinem Unterleib zu ziehen begann, aber er weigerte sich, vor Josuha zu kommen.

Also änderte er den Winkel, in der Hoffnung ...

Josuha: »Oh Gott, ja!«, schrie Josuha auf, als Flynn fast schon mit Gewalt genau den Punkt traf, der ihn vollkommen den Verstand verlieren ließ und dann kam er, ergoss sich laut stöhnend auf dem hellen Laken unter sich.

Flynn: »Fuck, du- hnnngh!«

Jetzt war es ganz vorbei. Josuhas Reaktion ließ Flynn endgültig über die Klippe springen und er kam, krümmte sich stöhnend über dem zitternden Körper, während er noch ein paar Mal in ihn stieß.

Josuha: Keuchend und mit bebenden Knien hockte Josuha da, wusste gar nicht mehr, wo ihm der Kopf stand.

»Hnnn ... du kannst ... raus ...«

Flynn: »Okay, warte kurz ...«

Vorsichtig zog Flynn sich aus Josuha zurück, streifte das Kondom ab und verknotete es, bevor er es aus dem Bett warf und sich neben Josuha legte. Lächelnd streckte er ihm die Arme entgegen.

[Flynn: Ey, ich hab noch 500 Meter bis zu mir und nen halben Ständer. Ich hasse uns grade ein bisschen ...]

Josuha: Zufrieden seufzend nahm Josuha die Einladung an, schmiegte sich in die warme Umarmung und schob seine Nase in Flynns Halsbeuge.

Er roch so gut ...

[Josuha: Selbst schuld? :D]

Wow, noch ein Smiley? Was ist kaputt bei dem? Und so anschmiegsam ist er sonst auch nicht ...

[Flynn: Aaawww, ich rieche gut? Woher willst du das wissen? Aber danke! Bisher hat auch noch keiner was anderes behauptet! XP]

[Josuha: Flynn riecht gut, nicht du]

[Flynn: Vorhin warst du auch nicht abgeneigt, dass ICH komme, um dich zu vögeln]

[Josuha: ...]

[Flynn: Sturer Bock! Aber hey, wir kamen seit Ewigkeiten mal wieder zum Abschluss! Ich glaub, wenn ich gleich daheim bin, mach ich´s mir erst mal selbst! XD]

[Josuha: Hast du es so nötig?]

[Flynn: Jein, eigentlich nicht, aber unsere Lemons machen mich immer geil! XD]

[Josuha: Schreibst du denn noch welche mit anderen, bei denen das nicht der Fall ist?]

Etwas perplex sehe ich auf den letzten Post. Also ... wenn ich davon ausgehe, dass Chain nie etwas Persönliches von mir wissen wollte ... heißt das jetzt, dass er ... ne, oder? Der ist doch nicht eifersüchtig. Das ist Wunschdenken, oder?

[Flynn: Und wenn es so wäre?]

[Josuha: War ja nur ne Frage. Wusste nicht, dass das ein Staatsgeheimnis ist.]

[Flynn: Wow, musst nicht gleich zickig werden! XD Nope, da sind nur du und ich <3]

Okay ... Er ist eifersüchtig ...

Ich geh kaputt! Das ist ... das ist toll!

Mein Herz schlägt ein bisschen schneller und in meinem Bauch kribbelt es aufgeregt. Eigentlich voll unsinnig, wir kennen uns nicht mal, werden uns wahrscheinlich niemals live sehen, aber ... Dennoch freue ich mich gerade, dass er etwas Besonderes für mich sein möchte!

[Josuha: Ich bin nicht zickig, ich wollte es nur wissen.]

[Flynn: Okay! XD Und umgekehrt? Spielst du noch mit anderen?]

[Josuha: Nein.]

[Flynn: Echt nicht?! Oo]

[Josuha: Nein. Warum sollte ich lügen? Hast du denn gelogen?]

[Flynn: Fuck nein! Ich dachte nur! XD Weil du immer so zurückhaltend bist und alles! Ich dachte nicht, dass ich dann dennoch ›dein einziger‹ bin. Ich hatte erwartet, dass du noch andere Partner hast und nicht, dass ich einen Sonderstatus bei dir habe.]

[Josuha: Überschätz dich nicht!]

[Flynn: Zicke xP Ich freu mich, reg dich ab! XD Dennoch finde ich, du könntest meine Nummer annehmen und mir schreiben ...]

[Josuha: Danke, mir reicht das hier.]

[Flynn: Meehh, okay, einen Versuch war´s wert! XD Und, was machst du jetzt noch?]

[Josuha: Nicht mehr viel. Wahrscheinlich gehe ich nochmal meine Notizen durch für einen Test morgen und dann schlafen.]

Oh Gott, er ist in meinem Alter! Oder? Wenn er einen Test schreibt und Notizen hat? Notizen braucht man vorrangig in der Uni, in der Schule hat man eher Hefteinträge und Arbeitsblätter, mit denen man lernt. Fuck, wir sind vielleicht gleich alt!

»Meine Güte, was grinst du denn so? Da bekommt man ja Angst!«, fragt meine Mutter, die gerade durch den Flur geht, als ich zur Tür reinkomme.

»Ich hab grade was ziemlich Cooles erfahren!«

»Ach ja? Was denn?« Gerade will ich ihr davon erzählen, da fällt mir ein, dass ich ihr doch erst kürzlich von Nick erzählt habe und das käme jetzt irgendwie komisch, wenn ich direkt vom nächsten Kerl anfangen würde. Wobei nächster nicht stimmt, Chain war vorher da.

Dennoch würde das komisch klingen, vor allem, weil´s ja eigentlich eh keine Rolle spielt, da wir uns nie begegnen werden. Leider.

»Ach, nicht wichtig, finde wahrscheinlich auch nur ich witzig.«

»Also irgendwas Schweinisches?« Ihr anzügliches Grinsen erwidere ich, ohne rot zu werden.

»So ähnlich.«

»Na gut, dann geh in dein Zimmer und mach weiter, womit auch immer!«

Wir lachen beide und dann bin ich auch schon auf der Treppe und gleich darauf in meinem Zimmer.

Ich weiß gerade echt nicht, was ich denken soll. Chain ist -wahrscheinlich- so alt wie ich! Ich finde das ziemlich cool! Obwohl es mir echt nichts bringt und auch nicht mit hundertprozentiger Sicherheit weiß. Im Internet kann man ja viel behaupten. Ich werde es nie herausfinden. Egal!

Immer noch grinsend werfe ich mich aufs Bett und öffne nochmal die App.

[Josuha: Noch da?]

[Flynn: Sorry, kam grade nach Hause. Mum wollte kurz Aufmerksamkeit. Jetzt lieg ich auf dem Bett.]

[Josuha: Und, machst du es dir jetzt?]

Wow, was stimmt heute nicht mit dem Kerl?! Seit wann ist der so offensiv?

[Flynn: Könnte ich. Aber dann kann ich nicht mehr schreiben.]

[Josuha: Ah ...]

[Flynn: Was soll das jetzt heißen? XD Willst du mich loswerden?]

[Josuha: Nein, ich will dich nur nicht aufhalten, deinen Bedürfnissen nachzugehen.]

[Flynn: Es gefällt dir, dass ich wegen dir geil bin, oder? X3]

[Josuha: Unsinn.]

[Flynn: Ja, ja, ja! Von wegen Unsinn! XD Also ich könnte und würde, aber lieber wär´s mir, ich müsste es nicht selbst machen. Und wir schreiben grade auch so schön ...]

[Josuha: Da kann ich dir leider nicht helfen, sorry.]

[Flynn: Ach komm, dir tut das kein Stück leid, sonst würdest du mir schreiben, was du tun würdest, wenn du hier wärst xP]

[Josuha: Sowas wie Telefonsex?]

[Flynn: Jop, nur halt ohne telefonieren ...]

[Josuha: Okay ...]

[Flynn: ?
Okay, du hast verstanden, oder okay, du machst es? Oo]

Ich bin nicht ganz sicher, ob ich nicht schon eingeschlafen bin und das hier gerade träume.

Irgendwas stimmt mit dem doch heute nicht?

[Josuha: ... Beides?]

[Flynn: Omg! Echt jetzt? Kein Scheiß?]

[Josuha: Wenn du willst?]

[Flynn: Machst du´s dir dann auch?]

[Josuha: Kann ich. Muss mich nur bettfertig machen.]

[Flynn: Einmal von Daddy am Schreibtisch beim Wichsen erwischt werden reicht? XDDD]

[Josuha: Fick dich]

[Flynn: Warum sollte ich, wenn ich doch gleich dich ficken kann?]

Mir tun die Mundwinkel inzwischen weh, weil ich wie ein Irrer mein Handy angrinse. Passiert das echt gerade? Ich kann das gar nicht richtig fassen! Also klar, so viel Unterschied zum RPG ist jetzt auch nicht, aber irgendwie ist es trotzdem was anderes.

Schnell ziehe ich mich aus, krame meine Taschentücher und die Lotion zum Wichsen aus meinem Nachtschrank. Das wird spannend, mit einer Hand schreiben ...

Egal! Ich hab gleich fast richtigen Sex mit Chain!

[Josuha: Idiot. Okay, bin soweit.]

Oh Gott, er macht es wirklich!

*[Flynn: Sagst du mir noch irgendwas über dich? Also, wie du aussiehst?
Ich bin etwa 1,75 groß, blonde Haare, kräftige, sportliche Figur. Also tatsächlich sportlich, mit Sixpack und allem. Kann dir auch ein Beweisfoto schicken, wenn du´s nicht glaubst xD]*

[Josuha: Danke, ich glaube dir. Ich bin so groß wie du, sportlich schlank und habe schwarze Haare.]

[Flynn: Darf ich dich was fragen ...?]

[Josuha: Ja]

[Flynn: Sieht Josuha aus wie du? Also BIST du Josuha?]

[Josuha: Nein, das wäre doch voll gestört! Schreiben wir jetzt oder nicht?]

[Flynn: Okay! XD Wie fangen wir an? Sagen wir, wir liegen zusammen auf dem Bett? Hab hier btw rot-orangefarbene Bettwäsche.]

[Josuha: Können wir so machen. Was hast du an?]

[Flynn: Nichts xD Hast keine Arbeit mit mir, musst mich nicht erst auspacken, ich bin ready! XDD]

[Josuha: Sehr zuvorkommend ...]

[Flynn: Ja, oder? XD Was hast du an?]

[Josuha: Shorts.]

[Flynn: Farbe?]

[Josuha: Ist das so wichtig?]

[Flynn: Ach komm, dann wirkt es echter!]

[Josuha: Grau. Uni.]

[Flynn: Okay. Also dann ... Wie soll ich dich nennen?]

[Josuha: Wie meinst du das?]

[Flynn: Na ja, wenn ich dich anspreche? Chain oder soll ich bei Josuha bleiben? Du kannst mich weiter Flynn nennen x3]

[Josuha: Warum sollten wir uns mit Namen ansprechen? Das ist unsinnig.]

[Flynn: Moaaah, okay! XD Dann mach ich wie ich denke und wehe du meckerst dann!]

[Josuha: Okay.]

[Flynn: Okay! Also du bist bei mir im Zimmer? Stehst du neben dem Bett oder liegst du schon bei mir?]

Ich werde grade richtig nervös! Sowas hab ich noch nie gemacht. Das fühlt sich irgendwie viel realer an als das RPG, auch wenn´s eigentlich genau dasselbe ist.

[Josuha: Ich denke ich liege schon.]

[Flynn: Okay ... Spürst du schon meine Finger auf dir? XD Ich bin ziemlich warm, btw, mich kann man im Winter voll gut als Bettheizung benutzen xD]

[Josuha: Okay ... Ich bin eher kühl. Oder zumindest nicht warm. Und wo fasst du mich denn an?]

Ich frage mich, ob es ihm gerade auch so geht. Ob er auch so aufgeregt und unsicher ist wie ich?

Hat er sowas schon mal gemacht?

[Flynn: Kurze Frage noch: Hast du so etwas schonmal gemacht oder bin ich dein Erster?]

[Josuha: Bist du. Und du?]

[Flynn: Blutige Jungfrau! XD Also was das angeht! Aber voll gut, dann haben wir beide keinen Plan!

Ach, und ich streichle dich gerade am Bauch.

Du liegst auf dem Rücken, und ich liege seitlich neben dir und sehe zu dir runter, während ich dich mit einer Hand am Bauch streichle und langsam höher wandere.]

[Josuha: Okay, gut zu wissen. Gut, ich liege da und ... sehe zu dir hoch?]

[Flynn: Gefällt es dir? Fühlt sich das gut an? Ich glaub, du musst dich für mich streicheln, bin nicht ganz sicher, wie das läuft ...]

[Josuha: Bin dabei. Und ja, schon. Es fühlt sich etwas merkwürdig an und ich bekomme Gänsehaut. Hör auf damit :)]

Das ist nicht mehr normal, was in meinem Körper abgeht, wenn mir der Kerl einen Smiley schickt! Und er klingt grade voll verspielt! Wie kann jemand, der normal so abweisend und zugeknöpft ist, so ... süß sein?

[Flynn: Naww, sorry, das wollte ich nicht! XD Okay, dann streiche ich fester über deine Haut, die übrigens voll weich ist. Können wir die Klammern weglassen? Die nerven mich.]

[Josuha: Okay]

Josuha: Das fühlt sich besser an. Ich schiebe meine Hände in deine Haare und ziehe deinen Kopf zu mir, um dich zu küssen.

Ganz kurz muss ich meine Augen schließen und durchatmen. Chain küsst mich ...

Ich spüre es fast, es ist wie ein flüchtiger Hauch, wahrscheinlich nicht mal das, eher ... die Erinnerung an vergangene Küsse, aber mit dieser Verbindung zu ihm ...

Flynn: Ich genieße das. Dich zu spüren und zu schmecken ... nach all der Zeit.

Es kribbelt ein bisschen in meinem Bauch und ich schiebe mich über dich, bis ich auf dir liege.

Josuha: Geht mir auch so ... Das fühlt sich sehr gut an und ich will mehr, öffne meinen Mund für dich ...

Oh Gott, wenn der so weiter macht, komme ich, bevor wir richtig angefangen haben! Ich bin jetzt schon hart, weil mein Kopfkino grade verrücktspielt!

Flynn: Langsam vertiefe ich den Kuss, lasse meine Zunge in deinen Mund gleiten und keuche leise, als sie deine zum ersten Mal berührt.

Das leise Keuchen schafft es sogar bis in die Realität. Mein Gesicht glüht, weil mir das gerade voll peinlich ist. Ich weiß nicht mal, warum, das ist voll bescheuert!

Wir haben schon so viel perversen Scheiß geschrieben, aber das jetzt ... das ist ... irgendwie persönlicher. Intimer ...

Und mein Herz klopft mir bis in den Hals, während ich gebannt auf mein Handy starre und auf seinen Post warte.

Josuha: Ein erregter Schauer schüttelt mich bei diesen Tönen und ich dränge mich dir entgegen, ziehe an deinen Haaren und drücke mein Becken nach oben.

Fuck ...

Meine Hüfte hat gerade automatisch gezuckt! Meine Atmung geht jetzt schon viel zu schnell und ich fahre mit einer Hand unter die Decke, reibe ein paar Mal grob über meinen harten Schwanz und versuche dann, einhändig weiter zu tippen.

Flynn: Sofort komme ich dir mit meinem entgegen, stöhne leise, als mein harter Schwanz gegen deinen reibt und du mir zeigst, dass du genauso geil bist wie ich.

Josuha: Ich seufze leise und zufrieden, als ich deinen harten Schaft spüre, drücke mich dir mit mehr Kraft entgegen und beiße dich leicht in die Unterlippe.

Flynn: Hmmm, das mag ich ... Es gefällt mir, dass du so fordernd und frech bist. Ich löse mich von deinen Lippen und wandere runter zum Hals, wo ich erst mal sanft knabbere.

Josuha: Da bin ich ziemlich empfindlich und bekomme sofort Gänsehaut, schlinge meine Arme um dich und ziehe dich grob näher. Ich will, dass du mich zeichnest, wage aber nicht, es auszusprechen ...

Oh Gott, der Kerl macht mich fix und fertig! Er steht auf Knutschflecke? Im Ernst?

Ich liebe Knutschflecke! Vor allem, wenn ich welche machen darf - und dass er das auch noch will ...

Was gäbe ich drum, wenn er jetzt hier wäre!

Flynn: Kurz beiße ich etwas fester zu, bevor ich mich an der weichen, duftenden Haut festsauge, so lange, bis ich sicher bin, dass morgen jeder mein Zeichen auf dir sehen kann.

Josuha: Stöhnend biege ich den Rücken durch, wühle mit einer Hand in deinen Haaren, bevor ich mit der anderen zwischen uns greife und deinen harten Schaft umfasse.

Flynn: Mein Becken stößt automatisch nach vorne und meine Erregung steigt um das Hundertfache. Deine Hand, wie du mich anfasst ... Es ist so unglaublich geil ...

Es ist wirklich nicht einfach nur mit einer Hand zu schreiben, während man es sich mit der anderen selbst macht. Beinahe lasse ich mir das Handy selbst in die Fresse fallen, aber es geht. Es muss gehen! Fuck ...

Josuha: Es gefällt mir, dich zu hören und zu spüren, wie du unter mir zuckst und zitterst.

Ich taste nach dem Gleitgel und drücke etwas davon in deine Hand, dann ziehe ich ein Bein hoch bis zur Brust.

Flynn: Sofort gleitet meine Hand an dir hinab zu deiner Mitte. Ich liebe deinen Hintern, er ist so verdammt geil und willig. Ich will sehen, was ich da mache, löse mich von dir und hocke mich zwischen deine Beine.

Dann lege ich einen Finger über deinen Eingang und übe ein bisschen Druck aus.

Josuha: Ich hasse und liebe es, dass du mich so quälst. Ich wünschte, du würdest mich einfach so nehmen, ohne Vorbereitung.

Oh Gott, er tötet mich ... Er tötet mich echt! Wie kann er so sein? Im RPG kommt er mir immer mit seinem Perfektionismus und Gel und Kondom und allem und jetzt will er direkt? Einfach so?

Also, ja, es ist immer noch nicht echt, aber ...

Flynn: Du machst mich echt wahnsinnig, weißt du das?!

Okay, also bitte!

Unvermittelt drücke ich den Finger in dich, lasse dich stöhnen und keuchen und das war´s dann auch an Vorbereitung! Mein Finger gleitet wieder aus dir raus, ich lege mich tiefer zwischen deine Beine und sehe dich an, will wissen, ob du das wirklich willst.

Josuha: Mein Körper zittert unkontrolliert von all den Empfindungen und ich kann nur an eines denken: Mehr! Ich erwidere deinen Blick, nicke und greife nach dir, will dich eng an mir spüren, so nah wie es geht.

Flynn: Fuck, Josh, du bringst mich um!

Bevor ich nochmal drüber nachdenken kann, senke ich mein Becken und dann bin ich in dir.

Langsam schiebe ich mich tiefer und werde fast wahnsinnig, weil du dich so verdammt gut anfühlst!

Mir ist schwindelig vor Erregung, die Buchstaben tanzen vor meinen Augen und ich muss blinzeln, um wieder klar zu sehen. Ich bin bereits dabei mich mit harten, konstanten Bewegungen selbst zu wichsen und ich weiß, dass ich nicht mehr lange brauchen werde.

Josuha: Das Gefühl, von dir ausgefüllt zu sein, dich in mir zu spüren, ist unbeschreiblich.

Fest kratzen meine Finger über deinen Rücken, als ich mich an dich klammere.

Ich will, dass du dich bewegst, dass du mich fickst, so hart, bis ich nicht mehr denken kann.

Das ist der Moment, in dem ich so heftig in meiner Hand komme, dass ich für eine halbe Sekunde Schwarz sehe. Gott verdammt, dieser Mistkerl!

[Flynn: Fuck, ich bin grade gekommen! XD]

[Josuha: ... xD]

[Flynn: Lach nicht, normal hab ich mehr Durchhaltevermögen!]

[Josuha: Das kann jeder sagen!]

[Flynn: Also bist du noch nicht ...?]

[Josuha: Nein, ich brauche noch, aber nicht viel ...]

[Flynn: Okay
*Ey ... kannst du mir ne Audio von deinem Orgasmus schicken? *_*]*

[Josuha: Netter Versuch: Nein.]

[Flynn: Verdammt! XD]

Flynn: Du bist so verdammt eng, dass ich das Gefühl habe, ich könnte gleich nochmal kommen! Wie du dich an mich klammerst, dein Keuchen, einfach der Wahnsinn!

[Josuha: Lass stecken, das ist blöd, wenn du schon gekommen bist, ich mach eben allein fertig.]

[Flynn: Ey nein, ist doch nicht schlimm!]
[Flynn: Bist du jetzt sauer?]
[Flynn: Hallo?!]

Verwirrt und enttäuscht starre ich auf mein Handy und frage mich, ob ich´s jetzt echt verkackt habe.

Ich hätte ihm einfach nicht sagen sollen, dass ich schon fertig war, verdammt!

Es vergehen zwei Minuten, dann drei. In der Zwischenzeit habe ich mich schon so halbwegs sauber gemacht, lasse aber mein Handy nicht aus den Augen und dann ...

Bekomme ich eine Sprachnachricht. Über WhatsApp. Von einer fremden Nummer, ohne gespeicherten Namen, ohne Profilbild.

Das ist nicht ... Er hat nicht ...

Ich schlucke trocken, meine Finger zittern, als ich den Chat öffne und die Nachricht abspiele. Erst kommt nur leises Rauschen und dann ...

Hektisch stelle ich die Lautstärke auf Maximum, presse mir das Handy gegen mein Ohr, so fest, dass es wehtut und dann ...

Höre ich zwei Minuten Chain dabei zu, wie er sich selbst zum Orgasmus wichst und dabei leise für mich stöhnt, lauter wird, als er kommt und am Ende der Aufnahme bin ich wieder hart.

Ich fasse das gerade nicht!

Und noch besser: Ich hab jetzt seine Nummer! Verdammte Scheiße, nach eineinhalb Jahren habe ich endlich Chains Nummer!

Fassungslos starre ich auf mein Telefon und kann es einfach nicht fassen, dass er diesen Schritt tatsächlich gegangen ist. Und dann auch noch auf so unerwartete Weise.

In meinem Kopf entstehen bereits Ideen, wie es von hier an weiter gehen könnte. Ob wir von jetzt an mehr privaten Kram schreiben? Ich hoffe es doch. Auf der anderen Seite kann man es bei ihm nicht wissen. Ich muss mich wohl überraschen lassen, fürchte ich …

***

Fortsetzung in Teil 2: Feuer frei!

GLOSSAR

Top = Aktiver Part beim Sex. Das Gegenstück hierzu wäre Bottom
Gangrape = Gruppenvergewaltigung
Afk = Away from Keyboard – Kurz den PC/Laptop verlassen
Nickname = Spitzname
RL = Reallife – reales Leben
Re = Returned – Wieder da
Wb = Welcome back – Willkommen zurück
PWP = Porn without Plot – Sex ohne Handlung
Setting = Ort des Geschehens
Cosplay = Zu Deutsch: Kostümspiel; Man verkleidet sich als ein Charakter aus einem Spiel, Film, Manga oder Comic

DANKSAGUNG

Ein paar persönliche Worte zum Nicht-Schluss

Auch wenn das hier noch lange, lange nicht das Ende ist, gibt es doch ein paar Leute, denen ich jetzt schon ganz dringend Danke sagen möchte. Zuallererst meinem Freund Rei, der mir, ganz aus Versehen, die Grundidee für die Geschichte geliefert hat und aus der ich mit Sicherheit etwas komplett anderes gemacht habe, als er erwartet hat. Nicht zuletzt mit Lisa zusammen, ohne die diese Geschichte nicht das geworden wäre, was sie schlussendlich ist. Danke, dass ich dich Tag und Nacht damit nerven durfte, und ich lache immer noch, dass ich schreibe, was du träumst, ohne es zu wissen.

Dann wäre da noch Katharina Wolf, die Verlagschupserin, ohne die ich diesen Schritt niemals gewagt hätte. Vielen Dank, dass du mir den Mut gegeben hast, meine Geschichte an den nächsten Menschen zu schicken, dem ich hier danken möchte. Danke, lieber Jürgen! Danke, dass du an das hier glaubst und egal was noch kommt, niemand kann mir das Gefühl mehr nehmen, dass ein Verleger zu mir „Ja, ich will" gesagt hat!

Das nächste Danke geht an Lara und Sera, die mich im Arm hielten, als das Wunder wahr wurde und ich stundenlang von nichts anderem sprechen konnte. Auch meiner Schwester schicke ich hier Liebe aus der Ferne. Ich fasse es immer noch nicht, dass du das hier gelesen hast und es magst. Du hast keine Ahnung, wie viel mir das bedeutet!

Und da ich ja noch ein paar Bände vor mir habe, hebe ich mir den Rest für den Schluss-Schluss auf.

Dass ich allen auf Knien danke, die sich den ersten Band gekauft und sogar bis hier hin gelesen haben, muss ich glaube ich nicht sagen, aber ich tue es dennoch. Danke. Ihr seid großartig und ich freue mich, wenn wir uns ganz bald im zweiten Band wiederlesen.

Eure Julia

MEIN HERZ, DEIN KOPF UND EIN UNIVERSUM DAZWISCHEN
KATHARINA WOLF

Sebastian ist neunzehn, frisch geoutet und bereit, in sein neues, schwules Leben zu starten. In einem Club trifft er auf Hiroki und verliebt sich vom Fleck weg in den attraktiven Halb-Japaner. Und es sieht so aus, als würde Hiroki seine Gefühle erwidern.
Sebastian ist im siebten Himmel. Doch bald ziehen erste dunkle Wolken auf. Während Sebastian sich nichts mehr wünscht, als seine große Liebe öffentlich zu machen, tut Hiroki alles, um die Beziehung geheim zu halten.
Ein Kompromiss ist nicht in Sicht, und Sebastian muss um seine große Liebe kämpfen.

Taschenbuch
ca. 250 Seiten, 13,00 €
ISBN 9783958693807

Auch als E-Book erhältlich.

Erhältlich im Verlagsshop unter amrun-verlag.de/shop, bei Amazon oder überall im Buchhandel.